ボクもたまにはがんになる

三谷幸喜
頴川晋
東京慈恵会医科大学
泌尿器科主任教授

幻冬舎

ボクも
たまには
がんになる

目次

第２章　仕事、治療、手術

第3章 快復

第4章 前立腺がん

第5章　頴川先生について

第6章 がんとの未来

まえがき　三谷幸喜

自分ががんになるとは、想像もしていませんでした。がんを患った人は皆さん、最初はそんな感じなのではないでしょうか。「まったく、なんで自分なんだ」と。

とはいえ前立腺がんというのはなんとなく納得がいきました。遠い昔、ある雑誌が勝手に僕のことを占ってくれて、四柱推命学だったような気がしますが、その中に「下半身の病気に注意」というフレーズがあったのです。以来、ずっと気になっていました。

ところがです。この病気になって、この病気のことを知り、学び、前立腺がんと正面から向かい合って、わかったことがあるんです。

前立腺がんって実は、まったく怖くない。

そうなんです。前立腺がんは怖くないんです。僕は最終的に全摘手術の道を選びました。まあ、全部取っちゃったっていうことです。その僕が言うのです。前立腺がんは怖くない。だから手術前に「必ず帰ってきます」なんて言葉はいらないんです。術後の「神様から与えられた命」なんて発想も、僕に言わせれば深刻すぎる。悲劇の主人公ぶるのは、この病気にふさわしくない。社会生活に戻ってからもそう。臓器をひとつ取ってしまうのだから、そりゃ確かにいろいろ不便はあるけれど、「落ち込んでいても仕方がない、笑っていこう」なんてくれぐれも思っちゃいけない。それって悲壮感の裏返しでしかないから。そういうんじゃないんです。

前立腺がんのイメージを変えたい。これはそのための本です。

僕はコメディ専門の脚本家です。自分の作品で誰かの人生を変えようとか、そんな大それたことは思ったことがありません。これまで、なるべく人に影響を与えないように生きてきた僕ですが、今回ばかりはちょっと違う。この本をひとりでも多く、前立腺がんの患者さん、そしてその家族の皆さんに読んでもらいたい。そしてホッとしてもらいたい。それが僕に与えられた使命、そんなことすら思っています。だからちょっと僕らしくないけど、思い切ってこんな本を出すことにしたわけです。

もちろん僕が、自分の置かれた状況をここまで楽観的に考えることができたのは、ひとりの先生との出会いがあったから。

慈恵医大病院の頴川晋《えがわしん》先生です。

というわけで、これから頴川先生とふたりで、「本当の前立腺がん」について語り尽くします。たまに話が飛んで、ただの雑談になったりしますが、そこはお許しください。茶化さないと気が済まない性格なもので。

第1章

告知

きっかけは、ドラマ「おやじの背中」

三谷　頴川先生と初めてお会いしたのは、2014年の1月ごろでしたね。

頴川　ドラマの脚本を書くにあたって、取材をしたいということで。

三谷　TBSの日曜劇場「おやじの背中」です。毎回脚本家が変わるオムニバス形式で、1話完結のドラマ。錚々《そうそう》たる大ベテランの先輩たちに混じって、あろうことか最終回を担当してほしいと、プロデューサーから連絡をいただいて。ぜひやってみたいとお返事したんです。

頴川　私に取材の依頼があったということは、主人公が医者、あるいは前立腺がんの患者さんの話など、具体的に決まっていたんですか？

三谷　いや、プロデューサーから言われた条件は「親と子の絆」を描くこと。それだけでした。そして、それを聞いたときあるプロットがパッと浮かんだんです。

重い病気をもったお父さんと幼い息子の話で、父は病気のことはもちろん通院していることすら息子に内緒にしています。ところがたまたま息子が学校で怪我をして病院に運ばれてくる。そこでバッタリ、父と子が鉢合わせしてしまう。病気のことを知られたくない父は、とっさに「俺はこの病院で医者をやってんだ」と嘘をつく。その父子は、理由があってずっと会っていなかったんですよ。だから息子は父の職業を知らなかった。父はその嘘を貫くためにどんどん嘘を重ねてしまい、最後はド素人なのにオペまでしなきゃいけなくなっちゃう……というコメディ。実はこういう話をいつかやりたいと数年前から温めていたんです。それを思い出して。

顯川　オペまで⁉　いかにも三谷さんらしい設定ですね（笑）。

三谷　さすがにドラマではオペまでやってしまう設定はなくなりましたが。ただ、主人公にとっては命がけの嘘が、はたから見ると笑えるという究極の泣き笑いを描きたかったんです。結局、父親は最後亡くなってしまうんですけれど、プロデユーサーにその構想を話したらそれでいきましょうとなりました。僕は病気のことがまったくわからないので、「この設定に合う病気って、何かないでしょうか?」と聞いたら、「調べてみます」と。

頴川　つまり、最後は亡くなってしまうけれど、ずっと入院しているわけではなく、通院して治療する病気。しかも息子さんの前では、医者という設定だからある程度元気に振る舞うことができなきゃいけない、というわけですね。

三谷　そうです、そうです。そんないろいろな条件をもとにプロデューサーが調べた結果、「前立腺がん」で、放射線治療中という設定が出てきた。今となっては運命としか言いようがない。

頴川　確かに、前立腺がんは放射線治療が選択できますし、その場合は通院です。前立腺がんは進行が遅く、ほとんどが無症状なので元気に振る舞えます。ただ、骨やその他の臓器に転移した末に亡くなる人もいます。ですから、その設定には当てはまっていますね。

会った瞬間、信頼できる人だ

三谷　先生へのオファーはどんな経緯からだったんですか？

頴川　私には、そのプロデューサーの方からではなく、まずは北里大学の救急のドクターから連絡がありました。救命救急の現場を扱った番組に協力した関係で北里の医者に連絡が入ったのでしょう。医師から「三谷さんのドラマでこういう企画があって……」と説明を受けて、私でお役に立てることがあれば、とお答えしました。細かい内容は覚えていませんが、京都駅の新幹線のホームでその電話を受けたと記憶しています。

三谷　明確に覚えてますねえ（笑）。

頴川　一番最初は、三谷さんとプロデューサーの方ともうおひと方、計3人でいらっしゃいましたね。

三谷　もうひとりはディレクターかな。ちなみに僕の第一印象は、どんな……？

頴川　テレビでよく拝見していましたから、「ああ、三谷さんだ」と思いました。ただ、イメージと違って、その日はあまりしゃべらなかったような。とても静かで真面目な方だなと。

三谷　極度の人見知りのうえ、基本、真面目ですから。お会いして早々、ふざけたことを言うタイプではないですし。ただ、僕のほうはもう、先生にお会いした瞬間から「この人は信頼できる人だ」と確信しました。言葉のチョイスや佇《たたず》まいでなんとなくわかるじゃないですか。この人とは話ができる、波長が合うって。まさかその後、僕の手術を担当してくださるなんて、そのときは夢にも思っていませんでしたが。

頴川　本当ですね。

三谷　運命なんだなあ。

とにかく一度、検査しましょう

頴川　その後、再びお会いするのは約1年後くらいでしょうか。

三谷　そうです。僕は年に1回くらい、定期的に人間ドックに通っていまして。俳優の佐藤浩市さんにとある病院を「あそこはいいぞ」とすすめられたんですが、後に中井貴一さんからも別の病院をすすめられ、佐藤浩市か中井貴一か、どちらをとるかという感じだったんです。まあ、人によって合う合わないがあるから。結局、顔が怖い佐藤浩市をとって2年ほど通っていました。

頴川　有名な病院ですね（笑）。

三谷　最初、その年の人間ドックの血液検査で、初めてPSAの数値がやや高いと言われたんです。ちょうど、先生に前立腺がんについて取材した後ですし、PSA検査の数値によっては前立腺がんの疑いもあると知っていたので、先生にシヨートメールで質問させていただきました。

頴川　メールを受け取ったのは圏央道でした。車に乗っていて、SAで車を止めて。

三谷　新幹線のホームといい圏央道といい、先生は状況を細かく記憶されてますね……。

頴川　「とにかく一度、検査しましょう」とお返事しました。

三谷　正直、たいした数値じゃなかった気がします。その某病院の医師には「様子をみましょう」と言われたし、いつもなら全然気にしなかったはず。でも、先生と出会うきっかけとなったドラマ「おやじの背中」はもともと市村正親さん主演で、ご本人もやる気だったのに突然胃がんになられて降板。急遽小林隆が代役でやることになったりと、ゴタゴタの中でオンエアされたんですよ（2014年9月）。今思うとすごく不思議なんですが、妙な予感というかザワザワしたものがあって。何かこう……ちょっと不安になって先生にご連絡したんです。

頴川　そういう予感って意外とあたるものですよね。第六感的なもの。

三谷　それと、僕自身、２０１４年６月に息子が生まれて父親になったというのも大きかったと思います。ドラマの中の親子がちょっと重なってしまって、子供が生まれたばかりなのに、劇中の父親のような運命はたどりたくないなって……。

数値はグレーゾーン

頴川　三谷さんのＰＳＡ検査の数値は、確か６～７あたりでしたよね？　数値のひとつの目安は「４・０」です。４・０以下は基準値以内なので問題なし、ひと安心といっていい。数字が高ければ高いほど前立腺がんの疑いが大きいと考えられますが、４・１～10・０はいわゆるグレーゾーンです。10・１以上は、急いで専門医に相談することをおすすめしますが、６、７あたりですと、前立腺がん、またはがん以外の前立腺の病気の疑いもありということで、確認のためにも二次検査を受けられたほうがいいですね、とお伝えしたかと思います。

三谷　ＭＲＩ検査を受けました。強い磁場で画像を撮影して、がんの疑いがある病巣があるかチェックする検査。

頴川　そうでしたね。ただ、当時のＭＲＩはあまり正確ではないんですよ。

三谷　え？　当時といっても6年前ですよ？　そんな昔でもないのに。

頴川　ここ2、3年ぐらいで検査の技術、質は劇的にアップしました。２０１５年あたりはちょうどその変化の境目。ですから一応ＭＲＩ検査は参考程度で、やはり実際に前立腺の組織を採って、がんかどうかを調べる「生検」をおすすめしたんです。ただ、現在の「マルチパラメトリックＭＲＩ」検査は非常に優秀で、病巣が見えるようになりましたし、検査の方法も大きく変わってきました。

肛門にチャッカマン

三谷　とにかく、その「生検」が怖かった。

頴川　そうですか？　「生検」とは、「生体組織検査」の略称で、がんが疑われる組織の一部を採って、顕微鏡でがん細胞の有無を確認する検査です。たとえば胃がんの場合ですと、胃カメラを呑んでその部分のサンプル、つまり肉の一部をつまんで採ってきます。前立腺の場合は胃カメラみたいに呑むことはできませんから、お尻から針を刺してサンプルを採ります。ピアスの穴を開けるような機械ですが、非常に優れものでね。針でこう、ピッと。

三谷　それ、それっ！　その機械の形が「チャッカマン」そっくりなんですよ！

頴川　あぁ、言われてみれば確かに（笑）。

三谷　チャッカマンをお尻に刺して「カチャッ！」とやるんです。僕はわりといろんなことを経験してきたほうだと思いますが、その「カチャッ！」の瞬間が人生で一番怖かった気がする。音がまた、恐怖を倍増させるんです。

頴川　チャッカマン（笑）。三谷さんの表現はほんとにおかしいですね。以前、三谷さんの舞台を観たとき、尿管結石の痛さを「鼻の穴からスイカが出るくらい痛い」と表現されていましたが、チャッカマンのときとどちらが痛かったですか？

三谷　確かに尿管結石は痛かった……。チャッカマンは痛いというか、とにかく怖い。しかも何か所にも刺すんですよね？　カチャッ！　カチャッ！　っと、肛門に。

頴川　肛門に刺すっていうのはちょっとおどろおどろしい表現ですけれど、正確にいうとまず肛門に機械を入れます。機械には超音波スキャナーと飛び出す針がついていて、超音波スキャナーで前立腺をモニターに映し出し、針を進める方向を定めます。そこで三谷さん流でいう「チャッカ」するわけです。すると瞬間的にその針がピンと飛んで、1・5センチくらいのサンプルを採って帰ってくる。基本的には12か所以上採取します。

三谷　12回！　そんなに採ったんですか！

頴川　はい。といっても、臀部《でんぶ》に12回、チャッカマンのような機械で針をぶっ刺すわけではなくて、あくまで肛門から入れた超音波スキャナーで前立腺を見ながら、怪しい部分に生検針をちょっと1～2センチくらい進めて、それからピュッと針を飛ばすわけです。

三谷　僕の前立腺に向かって1～2センチも進むんですか！

頴川　瞬間的に、ですよ。チャッカマンを入れる穴は肛門からの1か所だけです。で、体内で角度を変えながら12か所の組織を採取するんです。

三谷　チャッカマンの先っぽの大きさはどれくらいですか？　印象としては、まさにチャッカマンと同じくらい、お尻に刺すにはでかすぎるイメージでしたけど。

頴川　いわゆるチャッカマンよりふた回り小さいくらいでしょうか。バイオプシーガンというんですが、ガンというだけあって、引き金を引くと針がピュッと出てカチッと戻ってくる。私のイメージではピアスの穴あけ器具に似ている気がします。ちなみに、バイオプシーガンを発明した人、億万長者になったんですよ。

80年代の後半の話ですが。

三谷　……あの、その針を肛門に入れたまま、12回、連打するわけですよね？

頴川　そうです。そう考えたら、体験としては痛いイメージですね。

三谷　実際の痛みはそれほどでもなかったんですが、未知の世界なのでとにかく怖くて。

肛門コンプレックス

三谷　ただ、僕はこれまで人前でお尻を公開したことがなかったので、その衝撃というか、精神的なダメージはかなり大きかったです。

頴川　人前でお尻を公開する人はそうはいませんよ。

三谷　それから、自分で自分の肛門を見たことはないんですが、あんまり自信がなかったんです、おのれの肛門に。

頴川　肛門に自信がある人もそうはいませんね。

三谷　僕が肛門に自信がないのには理由があるんです。50年近く前の話になりますが小学校3、4年のときに盲腸の手術をしたんです。わりと簡単な手術だと思いきや、術後何かが悪化したらしく1か月以上の入院になってしまったうえ、2回目の手術が必要になって。そしたら2回目はなんと肛門からの手術。ものすごく痛かった記憶と、幼心に、なにかこう……肛門をいじめられた気がして。

頴川　傷ついたとか？

三谷　勝手な印象です。その後、痔になったとか、そういうことはまったくないんですけど、肛門が人と違う形状になってしまった、という漠然としたショックがあって。ですから、人に見せるなんて恥ずかしいとずっと思っていて、違う意味で怖かったですね。ちなみに、「生検」のときは、麻酔をしましたっけ？

頴川　基本的には局所麻酔をします。ただ、痛みの感じ方は個人差がありますから、それこそ検査を受けるときに、お尻を見られるのがイヤだなとか、そういう不安があると、痛みを感じやすくなります。不安なときにちょっと触られただけでもビクッとなる、ああいうふうになっちゃうんですよね。

三谷　いずれにしても、積極的にお尻を見せたい人って、そうはいないと思います。

顛川　見たい人もあんまりいないかと……(笑)。

神の啓示

三谷　でも、結果的に「生検」をして本当によかった。こう見えてわりと刹那的に生きるタイプで、検査ってあまりちゃんとしてこなかったんです。大病をしたこともないし。たとえ検査をするとしても、一回様子をみてからでいいか、と先延ばしにしたり。でも、そのときはとにかく安心したかったんでしょうね。

顛川　実際、前立腺がんの検査の場合は様子をみることも多いんです。がん自体の進行が遅いうえ、三谷さんの数値のようにグレーゾーンの方の場合は特に、生検をしてもがんが発見されない人も多い。ですからアプローチとしては、３か月、または半年か１年ごとにＰＳＡ検査を受けてもらって、数値の伸び方をチェックする方法があります。目安は「３割増」。たとえば４・２だった人が５・５以上に増えたり、７・０の人が９・１になったり。グレーゾーン内でも、このような急激な伸びがあった場合は生検で詳しく検査します。三谷さんの場合は、３か月後にもう１回検査して、生検をするかどうか判断をすることもできました。

三谷　「３か月後でもいいし、今すぐでもいい」。先生にそう言われて、「今」だと。何か神の啓示のようなものがあったのかな。

頴川　そのときの三谷さんにあったかどうか別にして、私は神の啓示ってあると思っています。あるとき、腎臓の病気の方のレントゲン写真を見た瞬間、これはＣＴをやったほうがいいとピンときて、その結果、非常にわかりにくい腎がんが見つかったことがありました。後から何度見直しても、「なぜ、この写真を見て

CTをやったんだ？」とみんなが不思議がるくらい、普通のレントゲン写真です。自分でもわかりません。なんとなくおかしいと思った、としか言えなかった。そういうことって往々にしてあるんですよね。

三谷　僕のときはどうでしたか？

頴川　三谷さんの場合は、本当にどちらでもよかったんです。ただ、安心したいというお気持ちは伝わってきました。だったら検査しましょう、と。

三谷　そうしたら……、12か所のうち、何か所か引っかかったんですよね。

頴川　そうです、病気がありました。

三谷　つまり「前立腺がん」があると、わかっちゃったんですよね。

さらりとした告知

頴川　告知を受けたときのことは、覚えていますか。

三谷　もちろんです。いつもの診察室で、先生が生検の結果を見ながら「これは前立腺がんですよ」とさらりとおっしゃった。むちゃくちゃさらりと。鼻毛出てますよ、と言うくらいさらりと。

顆川　どんな気持ちでしたか？

三谷　よくドラマで、告知の瞬間、頭が真っ白になるとか膝から崩れ落ちるとか、いろいろありますよね。まったく違いました。淡々と受け止める感じ。今思うと、いつものそんなに広くない診察室――後ろでスタッフの方がウロウロされているのが見える雑然とした場所――で話してくださったのがすごくよかった。変に緊張しないで済みました。

顆川　確かに診察室はそんなに広くないですね（笑）。

三谷　あ、すみません（笑）。ただ、たとえば別室に呼ばれて、あらたまった感じの神妙な面持ちで「実はですね……がんが……」なんて言われると「んん？」となったかもしれません。でも、いつもとまったく変わらぬ調子で、絵や図を描きながらわかりやすく説明してくださったので、リラックスして聞いていた気がします。とはいえ、先生。実は内心、僕に伝えるときに言葉を選ばなきゃいけないなとか、平静を保たなきゃとか、そういう逡巡があったりしたんですか？

頴川 まったくなかったですね（笑）。

「ステージ」は古い

三谷 実際、がんはどういう状態だったんですか。症状としては進行していたんですか？

頴川 いえ。間違いなく、早期発見でした。

三谷 ステージでいうと？

頴川 実は、今はステージⅠ、Ⅱ、Ⅲ、Ⅳという言い方をしないんですよ。

三谷 え！　僕のイメージでは、がんといえば「ステージ」とローマ数字です。

頴川　今はもう使っていませんね。今の表現でいえば、Ｔの１ｃです。三谷さんの場合、早期がんという意味です。

三谷　そう告げられたはずなのにまったく覚えていません……。

頴川　ＴＮＭ分類といって、Ｔというのがtumor のＴで、局所の腫瘍の状況を指します。Ｎはnode、リンパ節の状況です。リンパ節への転移があるかないか、ということです。Ｍはmetastasis で、転移を表します。だから局所とリンパ節と転移の状況を表す言葉なんですね。

三谷　わかりやすそうですが、まったくわかりません。

頴川　ＴＮＭ分類は、さらにａ・ｂ・ｃに分かれます。

三谷　つまり、Ｔの１というのはすごく低くて、ｃもａ・ｂ・ｃのｃだから、下の下みたいな感じですか？

頴川　非常にややこしいんですが、ＰＳＡ検査の結果で見つかるようになった段階ですでにｃに入るんです。ですから、ａ・ｂ・ｃに関していうと、ａよりｂ、 bよりcが大きい、あるいは高い、進行しているという意味ではありません。

三谷 ちなみに、Tのたとえば4とか5もあるってことですか?

頴川 4まであります。1が一番低いです。

三谷 この言い方は、すべてのがんに共通しているんですか?

頴川 はい。TNM分類は、すべてのがんに今、使われています。

三谷 しつこいですが、今風ではなく、昔風にいうとしたら、僕のステージは……。

頴川 あえて使えば、ステージⅡです。

僕がやれば大丈夫

三谷 先生は、僕の生検の結果を最初に見たとき、どう思われたんですか。

頴川 「治せます」と。

三谷　この言葉ですよ！　なんという心強い響き。確かその後、手術するかどうか決断するときも「僕がやれば大丈夫です」とおっしゃってくださって、とても安心したことを覚えています。ただ……、この告知のときは「オペは僕がやります」とははっきりおっしゃらなかった。

頴川　そうでしたっけ？

三谷　先生がその後も担当されるかどうか、この時点ではわからなかった。

頴川　私としては最初からそのつもりでしたけれど。

三谷　僕は内心、「私はここまでで、以降は別の者に任せます」って言われたらどうしよう……と急に心細くなって、その場で先生に確認したんです。「この後はどなたが担当されるんですか」と。

頴川　そうでしたか（笑）。

共通の認識をもつ

三谷　不思議なことに、先生の「治せます！」オーラのせいなのか、結果を聞いた後のほうが一切不安を感じなかったんです。検査の結果発表まではやっぱり不安でしたし、もし悪い結果だったら今引き受けている仕事をどうしよう、などとあれこれ考えてしまって。

頴川　私の場合、告知といっても、ただ単に結果をお伝えするのではなくて、お互いに共通の認識をもつことが大切だと思っています。ですから、医師としては今ある材料をすべてお出しします。つまり、今わかっていることと、まだわかっていないことを明確にして、次に何をすべきかご説明する。三谷さんの場合、がんがあることはわかりました。早期発見です。ただ、早期発見＝転移がないというわけではない。ですからあとひとつ、骨の検査をさせてください、とお伝えしました。そこを確認したうえで、次は治す方法を相談しましょうと。

三谷　この「共通の認識をもつ」というのは意外と大切なんですよね。たとえばお医者さんはたいした病気じゃないと思っていても、患者がとんでもない病気だと思っているとしたら、次の策を練るにしても、前提が違うからうまくいかないだろうなと思いました。

頴川　まさに。病気に対する認識がそろっていないと、治療方針はもちろん、信頼関係も崩れてしまいます。だからこそ、今ある事実、資料、データはすべて提示するわけです。情報の共有ですね。

三谷　告知当日は、診察室でどれくらい話をしたんでしたっけ？

頴川　ひと通りご説明して、だいたい10分くらいでしょうか。

三谷　短《みじ》か！　もっと長いと思っていたなあ。僕はヘンに気を遣ってしまうタイプなので、診察室の外にいっぱい待ってらっしゃる方がいるから、先生との話はできるだけ早く切り上げて外に出たいといつも思っていて。その日も僕ごときにこんなに時間をとっていただいていいんだろうか、とソワソワしてしまいました。

頴川　私もつい、三谷さんとの会話が楽しくて、診察の際に、拝見したドラマや映画の話など、雑談をしてしまいがちですしね。さすがにその日はしませんでしたけど。

三谷　ありがたいですけど、毎回ドキドキしています（笑）。告知の日も「結果はよくわかったから、もう後はお任せします！」と早く帰りたい一心でした。だから逆に長く感じたのかな。

プロに任せる

頴川　三谷さんからは、特に質問もありませんでしたよね。

三谷　先生への信頼がベースにあるのはもちろんですが、僕自身が病気について細かく知っているかどうかは、治療にはあまり関係がないような気がしていました。映画や舞台の仕事の際、僕はあまりスタッフの方と打ち合わせをしないんです。照明さんや美術さん、皆さんそれぞれプロですし、僕のやりたいこともよく理解してくださっている。最初にこんなことがしたいと言うだけで、後はもう言い方は悪いですけど丸投げ的なことで今までやってきているので、それに近いものがありますね。いろいろ考えてくださるのは先生であって僕じゃない。任せるところは任せる。そんな気持ちでした。やっぱり、普通は皆さん、告知された後に先生を質問攻めにするんでしょうか。

頴川　人それぞれです。納得いくまで質問される方もいるし、三谷さんのようなタイプもおられます。

三谷　とはいえ、家に帰ってからは自分なりにネットで「前立腺がん」を検索しました。ただ、ネット上にあふれている、あまりよろしくない情報を読んだりしても、まったく不安にはならなかったんですよ。やばいんじゃないか、死んじゃうんじゃないかと思ったことは、これまで一度もない。そういう想像をまったくしなかったというか、する必要がないと思っていました。

顯川　なぜですか。

三谷　まず、どこも痛くないから。症状がない。目に見えて何かがおかしい、というのもない。自覚症状がなかったのは大きいと思います。手術後5年たった今でも、ほんとに手術したのかな、だまされているんじゃないか、というような感じはあります。本当に、顯川先生のキャラクターも含めて、不安になる要素がひとつもなかったんですよ。

顯川　それはよかった。

言いたい誘惑

三谷　診察室を出たら、まずとにかくみんなに言いたいという誘惑に駆られました。言いたい、そして反応が見たい。

頴川　三谷さんらしい（笑）。

三谷　まだ誰も知らない芸能ニュースを真っ先に見た感じです。「ちょっと大変だよ、あの人離婚しちゃったよ」みたいに、「三谷幸喜、前立腺がんだってよ」とか、たくさんの人に言いたいっていう（笑）。実際は、妻にすぐ電話しました。「今日結果を聞いてくる」と言って家を出たので、たぶんやきもきしながら待っているだろうなと思って。

頴川　なんとおっしゃっていましたか。

三谷　表向きは「あ、そう、うん。わかった、わかった、大丈夫、大丈夫」と淡々としているんだけれど、電話ごしでもちょっと無理している感じが伝わってきた。僕を不安にさせまいと頑張っているんだなぁと。その後は、事務所の社長に電話しました。

頴川　お仕事のことがありますからね。

三谷　その段階ではまだ、手術にするのか放射線治療にするのかは決めていなかったと思うんです。だから、手術にするんだったらいつごろなのか、仕事はどう調整していけばいいかなど、ある程度自分の中でシミュレーションしてから、電話した記憶があります。それと、その当時脚本の執筆真っ只中だった、NHK大河ドラマ「真田丸」のプロデューサー。この3人だけですね、告知を受けてすぐの段階でがんのことを話したのは。85歳になる母にも言いませんでした。全部終わってから話そうと思って。

転移なし

頴川　前立腺の病気は、骨に転移する特徴があります。ですから、生検でがんがあるとわかった後、CTや骨シンチグラフィーなどで全身を撮影して、がんの広がりや転移の有無を確認します。三谷さんの最初の状況では、98%の確率で、骨には転移していないだろうとわかっていたんですけど。

三谷　なんでわかったんですか？

頴川　条件です。ＰＳＡの数値や、先ほどお伝えしたＴ１ｃなど、いくつかの条件を組み合わせて、確率を出すことができます。ただ、逆をいえば、２％転移の可能性があるということですよね。ですから、さらなる検査で１００％を導きだしたいわけです。そのうえで、次へ進む。

三谷　そもそも転移って、僕の勝手なイメージですが、隣接している臓器などに、するするっとがんが忍び寄っていく……ミカンのカビって置いとくと隣のミカンにうつるじゃないですか。あんな感じですか、あ、違いますか？

頴川　ちょっと違いますね。

三谷　では、ある日突然、予想もつかない変なところにぴゅんと、がんが移動するとか？　もしくは、がん細胞が血液の中に入って、血液と一緒に流れていって、どこかにちゃっかり居着くとか？

頴川　そんなイメージですね。がんというのはすごく変なやつで、とにかく四方八方に動き回るんです。血管の中にも平気で入っていく。ですから早い段階で病気を見つけても、すでにがんをばら撒いているわけ。早期といっても、血液の中を調べると40％ぐらい病気が見つかるんですよ。ただ、その見つかったがん細胞が全部生き抜けるかというとそうではなくて、過酷なコースをくぐり抜けられた最後の1個だけがくっつくことができる。ほとんどはグルグルと体内を巡っているうちに死んじゃうんですけど。

三谷　がん細胞が臓器にくっつく、というのはなんとなくイメージできるんですが、骨への転移というのはどういうことなんですか？

頴川　骨というのは、カルシウムの塊ではなくて、真ん中に骨髄があって、血が流れてるんです。その中をグルグルッとがん細胞が動いていくイメージです。しかも、がん細胞はどこにでもくっつくわけではなくて、受けてみたいなものがあってそこにピタッとくっつきます。さらに条件が合うと、くっつくだけでなくどんどん増えていく。それが骨への転移です。

三谷　全然知らなかった。

頴川　リンパ節はご存知ですか。リンパ液も体の中に流れていて、血管と同じようにリンパ管というものがあります。そこの中にグルグルグルッとがん細胞は入っていくんですね。それがリンパ節への転移です。血管の中かリンパ管か。どちらかのルートでがん細胞は移動します。

三谷　リンパって不思議ですね。どんなものだろうと思ってはいましたが。

頴川　たとえば転んで怪我をすると血が出ますよね。同時に、血ではない透明な液も出るじゃないですか。あれがリンパ、組織液です。だから体の中のいろいろなところにリンパはあるんです。

三谷　血管と並行している管のようなものですか？

頴川　必ずしも並行はしていませんが、血管とリンパ管、管が2種類あって、リンパ液はリンパ管を通じて足の先から心臓のほうへ戻っていくんです。ちなみに血管は、心臓から出て足のほうへといくいわゆる動脈とそれが戻ってくる静脈があります。

リンパ侍

三谷　昔、「リンパ侍」という話を考えたことがあります。すごく腕の立つ侍で、通常は斬り合うと血がバーッと噴き出しますが、リンパ侍は、リンパ管だけを斬るんです。ということは、透明なリンパ液だけが噴き出すわけですよね？

頴川　すごく面白いんですが（笑）、そうはいかないですね。ものすごい技ですが。

三谷　透明なリンパ液が飛び散るのって、時代劇で見たことないんです。すごくないですか？

頴川　飛び散らないと思います。

三谷　リンパ侍からリンパを斬られたら、その人は死んじゃうんですか？

顕川　リンパだけ斬られても死なないでしょうね。

三谷　そうか。ダメージを与えるだけなのか……。

顕川　なぜ、リンパ侍を思いつかれたんですか。

三谷　血が噴き出るのはよく見るから、何か別のものが噴き出すといいな、と。黒澤明監督に対抗しての、リンパ侍。

顕川　いいですね。非常に面白い。ただ、リンパ管だけを斬ることは不可能ですね。

三谷　どんなに腕が立っても？

顕川　ええ。

三谷　殺すことが目的ではなくて、打撃を与えるのが狙いだとしたら？　殺すんだったら、もっといくらでも殺し方はあるんで。ダメージを与えるだけです。リンパを斬ると相当なダメージを与えられますよね？

顕川　リンパ管は、血管にまとわりついているんです。しかも顕微鏡で見なくてはいけないくらい細い管ですから、それだけを斬るっていうのは、物理的に不可能なんですよね。

三谷 ものすごく鋭利な刀、たとえばメスみたいなものを使えば？

頴川 ああ……。

三谷 ここはできると言ってほしいんですけど。可能性がないことはないですよね？ たとえば先生くらいの技術をもっていたら？

頴川 うーん、どうやるんだろう（笑）。「ちょっと動かないでくださいね」と言うかな。

三谷 動かなければできますか？

頴川 それだけだと、できないですね。

三谷 どうしてできると言わないんですか。強情な人だな。刀の先に、メス状のものがついてると考えてください。それならできますか？

頴川 うーん。とにかく血管があって、そこの周りにまとわりついているんですよ、リンパ管は。本当に細い管がこう、網の目状に。

三谷　そうか、それをビリビリビリッと剝がせばいいのか。

顳川　そのためには、まず顕微鏡で見なきゃいけません。

三谷　ということは、顕微鏡で見ればできるってことですよね？

顳川　じっとしておいてもらえれば。最低30分はじっとしていただかないと（笑）。

三谷　できなくはないんですね。それでいいんです。でも、「よろしいか、しばしじっとしておれ」って言いながらメスを入れるわけか……。めちゃくちゃ弱いな、リンパ侍。

第2章

仕事、治療、手術

治療方針を決める

三谷　前立腺がんが見つかった後の検査で、骨には転移してないことがわかりました。次の段階は、治療法を決めるということでしたよね。

頴川　はい。前立腺がんは、治療法がたくさんあります。だからといって、メニュー豊富なレストランで食べたいものを自由に選ぶ、というのとは違うんです。

三谷　どういう意味ですか？

頴川　たくさん治療法がある＝すべての状況に対してオールマイティの治療法は存在しない、決定打はないということです。それぞれの治療法には当然、メリットとデメリットがあります。たとえば、病気を治すことはメリットですが、副作用、副反応はデメリットですよね？　前立腺治療の場合、たとえば10％の確率で尿失禁が起こりますよとか、血尿、血便になりますよ、など、デメリットの種類が治療法によって全然違う。病気は治したいけれど、どのデメリットもイヤだ。メリットはとりたいけれど、デメリットは被《こうむ》りたくない、となるのが人間の心理です。治療法の数が増えれば増えるほど、そのせめぎあいになります。よって、レストランでたくさんのメニューの中から「今日はこれを食べたい気分！」と選ぶのとは違うんです。

三谷　これだけ治療法があるんだったら、「これさえやれば、痛みや不具合を感じないでスッキリ治ります」と言ってほしい、患者としては。

頴川　そうですよね。でも、現代の〝インフォームドコンセント〟の観点からいくと、デメリットを全部説明しないといけません。ひと通り聞いてしまうと、ますます選べなくなってしまう。選択肢が多いということは、その分迷いも生じやすいですから。

三谷　だけど普通なら「どうやって選べって言うんですか？」となりますよね。患者側は何を基準に決めればいいんでしょうか。

頴川　最終的には医師にお任せいただくしかないと思っています。デメリットに関しては、時節柄、こういうこともありえますよ、ということを知っておいていただくための説明なので。ですから、患者さんがどう割り切るかが大切です。三谷さんのように、まったくデメリットを気にしない方もおられますが。

三谷　ある程度、患者側の希望は反映されるんでしょうか？

頴川　もちろん反映されます。どんな病気でもそうですが、治療に関して最初に希望を伝えることはとても大事です。そのうえで医者は、がんの状態や年齢など、患者さんそれぞれの状態をみながら最適な治療法を考えていきます。

治療法は大きく分けて４つ

三谷　前立腺がんには、どんな治療法があるんでしたっけ。

頴川　大きく分けて、「手術」「放射線治療」「ホルモン療法（抗がん剤治療）」

「監視療法」の4つがあります。

三谷　僕ら患者側は、どうやって、何を基準に選べばいいんでしょう？

頴川　まず、前提として、がんがどれくらい進行しているのか、がんの状態を把握します。前立腺内にがんがとどまっている「限局がん」、周りの組織や隣接する臓器にがんが広がっている「局所進行がん」、リンパ節や骨、臓器に転移がみられる「転移進行がん」と進行の度合いによって呼び名が変わりますが、「限局がん」の場合はさまざまな治療法をセレクトできます。

三谷　僕の場合は……？

頴川　「限局がん」です。ほかにも悪性度（腫瘍の強さ）やステージ、PSAの値など、がんの性質をみて、「高リスク」「中リスク」「低リスク」の3つに分けます。

三谷　僕の場合は……？

頴川　早期発見、「低リスク」でした。

手術か、放射線治療か

三谷　その場合、どういう治療法があるんでしたっけ。確か、選択肢を2つ挙げていただきましたよね。

頴川　「手術」と「放射線治療」ですね。当時の三谷さんのご年齢（50代半ば）であれば、その2つの方法があって、どちらも東京慈恵会医科大学では自信をもっておすすめできるとお伝えしました。

三谷　え？　病院によっておすすめの治療法が変わるんですか？

頴川　患者さんのためにベストな治療法を選択するという基本的な方針はどこも変わりませんが、病院によって「おすすめ」、つまり「得意技」が違う場合はあります。手術が得意な病院もあれば、放射線治療が得意な病院もある。それから、時代というのもあります。その時代ならではのスタンダードな治療法、あるいは

「流行り」といいますか。

三谷　へえええ。

頴川　前立腺がんを担当するのは泌尿器科ですが、泌尿器科医は外科医です。ですから、基本的に軸足は手術なんです。一般論としてはそうですが、慈恵医大は非常にユニークで、手術と放射線治療、両方にしっかり軸足を置いています。これは日本ではけっこう珍しいといってもいいんじゃないでしょうか。

三谷　ちなみに、年齢によってもおすすめの治療法は変わるんですか。

頴川　変わります。健康な50代の方とほかにも病気を抱えた80代の方の場合では、がんの状態が同じでも健康度が違います。三谷さんのように比較的若くて元気な方なら、手術すれば根治するかもしれませんが、80歳の方にとって手術は体力面でも負担が大きい。前立腺がんの場合、手術後は排尿などのクオリティも下がりますから、生活の質を下げてまで手術すべきかどうかは要検討です。特に前立腺がんは進行が遅いので、定期的にＰＳＡ検査を受けて、がんの様子をみながら、不必要な負担を避けて生活の質を保つ監視療法も治療法のひとつです。

待ったなしの締め切り

三谷　僕の場合、治療方針を決めるにあたって、一番気になったのが「締め切り」でした。

頴川　いかにも三谷さんらしいですよね。

三谷　確か2015年の夏～秋ぐらいで、最初の検査を受けてから半年以上経っていたと思います。ちょうど「真田丸」の脚本を書いていて、翌年の頭からオンエアが始まるという時期でした。当時、何話まで書き終えていたのかはちゃんと覚えていませんが、大河ドラマですし、「執筆できない期間が長くなると困るなぁ」と切実に悩んだ記憶があります。1週間や2週間ならまだなんとかなるけれど、かなり長い間書けなくなるとたくさんの人に迷惑がかかる。前立腺がんは進行が遅いと聞いていたし、大河ドラマの脚本を全部書き終えてから治療に入るのもありかな、と。まずは、そんな時期的な悩みを相談しましたよね。

頴川　ええ。

三谷　それともうひとつ、これはうろ覚えですが、手術をした後に放射線治療をすることはあっても、放射線治療をした後に手術することはないと言われた気が……。

頴川　そんなことはないです。ただ、放射線治療の後に手術をすると、合併症が起こりやすいという説明はしましたね。

三谷　つまり、あまりおすすめではないということ？

頴川　そうですね。前立腺がんは、手術後の副作用に尿失禁がありますが、その尿失禁の可能性が放射線治療の後に手術をした場合は2倍以上高くなるというデータがあって、実は我々も放射線治療の後の手術はあまりしたくないんです。当然、ご本人はもっとやりたくないでしょう。それでも最近では手術の手法も進化して、尿失禁がそれほど問題にならなくなってきましたが。一方で、手術の後に何らかの展開があって放射線治療をするというのは、非常にスムーズです。

三谷　そうそう、そのお話がとても印象に残っていて。だから、選択肢として放射線治療というのは、僕の中で一旦外れたんですよ。

顯川　治療法の選択には、人それぞれ、大事にしたいいろいろなファクターがありますからね。

放射線治療のメリット、デメリット

三谷　結果的に僕は「手術」を選んだわけですが、もし放射線治療を選んでいた場合、どんな内容で、どれくらいの期間が必要だったんですか?

顯川　そもそも放射線治療とは、分裂中の細胞に放射線を当てることで、細胞の核内にあるＤＮＡが傷つき、増殖できなくなる仕組みを利用した治療法です。手術のように体にメスを入れることがないのがメリットです。

三谷　取り除くのではなく、がん細胞にダメージを与えていくんですね。

頴川　そうです。照射方法には大きく2つあって、体の外側から放射線を当てる「外照射療法」と、前立腺内から放射線を当てる「内照射療法」があります。三谷さんの場合、前立腺の中に小さな線源を埋め込んで、がんのすぐそばから放射線を当てる「組織内照射療法」も有効でした。

三谷　放射線を、体内に埋め込んじゃう？

頴川　放射線を出す小さなシャープペンシルの芯のような形状のものを線源と言いますが、それを100個くらい前立腺に埋め込みます。ひとつひとつは非常に弱い放射能ですが、100個も入れるとまとまって強くなり、がんをやっつけます。絵本の『スイミー』のようなイメージですかね。

三谷　100個も……。イクラの軍艦巻きだって、そんなにイクラは入ってませんよ。痛くはないんですか。

頴川　麻酔をしますし、小線源を埋め込む手術自体は1時間程度。入院は2泊3日です。

三谷　埋め込んだ線源は、後で取り出すんですか。

頴川　線源から放出される放射線量は徐々に減っていって、1年後にはほとんどなくなりますが、特に取り出す必要はありません。その間、ちゃんとがんをやっつけているかどうか、定期的に検査はしますが。

三谷　僕の場合、体の外から放射線を当てる治療法も選べましたか？

頴川　もちろん。ＩＭＲＴ（強度変調放射線治療）という最新式の方法です。

三谷　それ、痛くはない？

頴川　チャッカマンは使わないので、痛くはないですよ（笑）。

三谷　どういう状況なんですか？　お尻を出して寝るんですか？

頴川　いや、お尻は出さなくていいです。仰向けに寝ていただくだけ。痛みもありません。

三谷　放射線を当てるというイメージが湧かないんですけども、レーザービームを当てる感じなんですか。ビビビビビって。

頴川　まさに。四方八方からビームをターゲット（がん）に向けて当てるイメージです。ただ、ＩＭＲＴは最初の設計が肝心です。前立腺は三次元ですからしっかりとターゲットを絞らないといけません。しかも前立腺の上には膀胱が、裏には腸があって、そこに放射線が当たって傷つけてしまうと合併症が生じやすくなるリスクがあります。ですから、どの方向、どの角度、どの強度で放射線を当てるか綿密に設計し、コンピューターで細かく調整しながら照射します。

三谷　それも、先生が担当されるんですか。

頴川　放射線治療の専門医がやります。先ほど、患者さんはただ仰向けに寝るだけでいいと言いましたが、生身の人間ですから、ガスが通る際に腸がゴロッと動いたり、膀胱に尿が溜まって前立腺が押されて下に移動したりなど、最大2～3センチくらい、ターゲットは簡単に動いてしまいます。そんな状況の中で放射線を確実に当てなきゃいけない。高い技術が必要です。

三谷　おならもできないじゃないですか。ちなみに、どれくらいの期間、通院するんですか？

頴川　ＩＭＲＴは、１か月半ぐらいですね。

三谷　１か月半も？　毎日？

頴川　はい。月曜日から金曜日まで、週５日のペースで。

三谷　照射は１回何分ですか？

頴川　５分です。

三谷　痛くないとはいえ、毎日通院はきついですね。

頴川　今はもっと短期間に集約する方法も出てきていますが、三谷さんのようにお忙しい方は毎日通うのは確かに大変ですよね。

前立腺は全摘出

三谷　聞けば聞くほど、放射線治療のほうが大変そうだなあ。実際、僕と同じような状況の方なら、手術を選択する場合が多いんじゃないですか？

頴川　そうとも限りません。放射線治療は、「手術をしなくていい」という最大のメリットがあります。体にメスを入れることに抵抗がある方は多いですよ。

三谷　確認ですが、手術では、前立腺を全部取ってしまうんでしたっけ？　それとも、がんの部分だけ摘出するんでしたっけ。

頴川　前立腺がんの場合は、腫瘍が小さくても前立腺を丸ごとすべて取り除きます。前立腺はクルミ大の小さな臓器ですしね。

三谷　がん以外の部分を残しておいても意味がないということですか？

頴川　前立腺がんは〝多発性〟〝多中心性〟といって、95％以上の確率で、がんが見つかっている部分以外にも病巣があります。前立腺の中に病巣が多発している状態なので、丸ごと取り除く＝病気の親玉と一緒に子分たちも一掃すると考えてください。また、手術で病気の親玉だけをくり抜くことは現段階では技術的に難しいんです。ただ、今後の方向性として、病気の親玉だけをやっつけよう、くり抜こうという治療法はあって、実は当病院でも始めています。

三谷　そんなことになっていたんですね。

頴川　フォーカルテラピー（部分治療）といいます。前立腺の場合はがんの進行が遅いので、子分が育つまでに時間がかかるだろうというのが前提です。たとえば80歳の方なら、親玉だけやっつけておけば、子分が独り立ちするのに10年かかるとすると、子分が悪さするようになる前に寿命をまっとうできる可能性がありますよね。

三谷　逆にいうと、前立腺の中に子分を残しておくメリットはあるんですか？

頴川　がんがある場所にもよりますが、親玉だけをうまく部分治療できれば、周囲の男性機能の神経や尿失禁に関係する筋肉などをいじる必要がないわけです。

三谷　今後、今は難しいというその技術は進化するんですか？

頴川　もちろんです。

手術と勃起と男のプライド

三谷　勃起の問題はどうなるんでしたっけ。

頴川　そこ、まさにそこですよ、三谷さん。皆さんが手術を躊躇するポイントは。勃起に「男のプライド」を感じている人は少なくない。

三谷　前立腺といえば、勃起や射精に関係する部分ですからね。

頴川　まさに。前立腺のすぐそばには勃起にかかわる神経が通っています。前立腺に張り付くように通っている神経はペニスへと繋がっていて、興奮を伝えて血管を開き、血液がドーッと流れ込んで勃起が成立します。手術では、前立腺とともにその神経を切除するか、あるいは神経をうまく残したとしても断線、傷ついてしまう場合があって、勃起障害へと繋がります。とにかく、その神経をよけて残しながら前立腺を摘出するのは大変なんです。

三谷　実は、一番最初に人間ドックで前立腺のチェックでひっかかったとき、その病院の先生に「もしかしたら前立腺がんかもしれない。手術をする場合、前立腺を全部取ってしまうので、もうお子さんをつくることは難しい」って言われたんですよ。たまたま、あの年齢で子供をひとり授かっていたのでまあいいか、とは思ったんです。ただ、「勃起自体もしなくなる」と言われて。「もう一生僕は勃起しないのか……」と思うと、なんかこう寂しくて、さほど勃起に重きを置いた人生を送ってきたわけではないんですが、ちょっとショックだったんですよね。

纐川　寂しい、ですか。

ブラックジャック

三谷　ところが、頴川先生とお会いして「放射線治療にするか手術にするか」となったときに、「手術をすると、勃起はどうなるんですか？」と聞いたら先生が「なんとかなる」とおっしゃって。

頴川　はい。

三谷　「なんとかなる、俺がやれば……」と、厳かに告げられたんですよ。ブラックジャックですよ、もう！

頴川　そんな、大げさな。

三谷　難しい手術だけれど、やりようによってはきちんと勃起できる。あるいは勃起を犠牲にしなくても前立腺を取ることができる。そしてそれができるのは日本で俺だけだと。

頴川　「だけ」というのは……、鼻の穴からスイカが出ちゃうくらい大げさですが（笑）。

三谷　でも、難しい手術なんですよね？

頴川　そうですね。やはり技術と経験が必要です。ただ、がんの大きさや位置など、条件と状況があって、前立腺がんによっては神経を残さないほうがいい場合もあります。そういう場合でも、「極力神経を残すようにすることはできますよ」とはご説明します。神経を残すことができるケースでも「100がそのまま100残るということはありえません」と正直にお伝えしています。

三谷　手術をするってことは、病気を治すためにやっていることであって、手術前とまったく同じ状態に戻るわけではないですもんね。

頴川　どんな手術もそうですが、手術前の完全な自分には戻りません。おっしゃるとおり、病気を治すことが一番の目的ですから、患者さんのご希望に添えない状況というのは当然あります。そういう点では、前立腺がんの治療法の選択の場合、単に体にメスを入れるのがイヤ、という以外に勃起や射精という男性機能、「男の象徴」のようなものがなくなってしまうという恐怖心やプライドも考慮しないといけません。特に最近では、命や健康よりもプライドが先にくるケースも多いように思います。

三谷　放射線治療の場合は、勃起や射精への影響はどうなんですか？

頴川　がんの周囲に放射線を当てますから、神経は断線しないけれども、血管障害が起きることがあります。放射線が当たった血管はだんだんだんだん詰まっていき、いくら興奮を伝えても血管が開かないので血液が入っていかず、障害が起きます。ただ、そういう状況になるのは3〜4年後なんです。

空砲を撃っているけど気持ちは残る

三谷　僕は先生に手術していただいて、ここだけの話、ちゃんと今も勃起できていますから、とてもありがたかった。ただ、勃起はするけど射精はしないんです。これが面白い。射精はしたように思うけど何も出ないというか。空砲を撃っている感じといいますか。

頴川　いわゆる快感的なものはどうでしたか？

三谷　快感はありますかつての。ドヒャー！　という感じは当然ないんですが、でもちゃんと気持ちは残る。すごく不思議です。

頴川　人によってさまざまなパターンがあって、オーガズムの際、膀胱の出口が開いて尿が漏れてしまうという方もおられます。筋肉の動きのひとつですが、それが困るという方、そのときに痛みを感じてしまう方などもいて、術後、性行為がどんどん遠のいてしまうというケースもあります。ただやはり、男性にとっては男性機能というのは大切ですから、残すにこしたことはないと私は思います。なくなると寂しいというのはもちろん、「あること」に意味があるんです。

三谷　よくわかります。だから術後、最初に勃起したときはものすごくうれしかった。見せていいものなら、たくさんの人に見せたかった。

頴川　それはよかったです。

先生が僕だったらどうしますか？

三谷　今でもよく覚えている、先生の言葉があります。僕が手術を選ぶ最終的な決め手となったひと言です。こんな質問はルール違反かもしれないと思いつつ、先生に「今この段階で、先生が僕だったらどうしますか？」と聞いたんですよ。そしたら、「即決、手術します」とおっしゃった。もうそのひと言で、悩まずパッと手術を選択しました。

頴川　ルール違反ですね（笑）。というのは冗談ですが、やはり誰しも自分が病気のときは迷いや不安があります。そのときは、三谷さんの状況を鑑みて「即決、手術」と答えましたが、自分が本当にその立場になったときにまったく同じことを言えるかどうかは、正直今もわかりません。

三谷　僕としては、放射線治療はほぼないかなと思っていたので背中を押されました。唯一、悩んでいたのが男性機能の問題でしたが、それもブラックジャック先生が「俺がやればなんとかなる」と太鼓判を押してくださったんで、だったら手術をしようと。

毎週1本「真田丸」

頴川　それに、手術の場合だと入院期間は1週間です。

三谷　それも大きかった！　手術をいつにするのかを考えていたとき、浮上したのが正月休みでした。ちょうど1週間くらいの休みですし、毎週1本「真田丸」の台本を書いていたんですが、オンエアが始まる2016年の1月だったら締切りが多少遅れても大丈夫かなと。遅れる理由も「正月だったから」でごまかせるはず。許されるのではないかと（笑）。

纐川　お正月くらいはゆっくりしてください。

三谷　振り返ると、2015年の夏から秋にかけて検査や治療方針を相談。手術をすると決断したのは10月でした。で、実際手術をしたのが翌年2016年の1月。がんとわかってから半年くらい経っていますが、皆さんこんな感じのスピード感なのでしょうか？

纐川　前立腺がんは病気の進行が遅いうえ、三谷さんの場合は余裕のある状況で病気を見つけられていたので、半年後の手術でも特に問題はありません。

三谷　もうひとつ、僕にとってラッキーだったのは、がんが見つかってバタバタしていた時期は、大河ドラマの脚本執筆のために仕事を絞っていたんです。いつもなら同時進行でいくつもの仕事を引き受けていて、手術をするとしたら調整がかなり大変だったと思います。

纐川　そうでしょうね。

肛門の記憶

三谷　実際、手術をしたのは何月何日でしたっけ？「真田丸」第1回の放送を入院中にベッドで見たことは覚えています。

頴川　病院は1月4、5日あたりが仕事始めですから、そのあたりでしょうか。確か、三谷さんの手術をした日の夜、私は三家族合同で新年の食事会をしていました。近くのホテルで。

三谷　誰の手術をいつしたかって、きちんと覚えてらっしゃるものなんですか？先生の場合、京都駅のホームで電話を受け取ったとか、圏央道でメールを受け取ったとか、すごく細かいじゃないですか。

頴川　誰の手術をいつしたかはちょっと曖昧ですが、そのときの状況や情景がどうだったかは不思議と覚えています。

三谷　オペ中の光景は覚えてらっしゃるんですか？

頴川　オペ全体ではなくて、その中、つまりディテールは覚えています。

三谷　僕の肛門の記憶は？

頴川　そうですね、覚えているかも。

三谷　恥ずかしいな。

頴川　冗談です。お腹からやりますから肛門は見ません。見逃したな（笑）。

「じゃあ行ってくるねー」

三谷　ちょっと話はそれますが、ドラマなどではよく、患者さんが手術室に向かうときに「必ず帰ってくる」とかって言うじゃないですか。僕はそれ、あまりよくないと思っていて。だって、何かすごく危険なところに行く〝前提〟で「帰ってくるぞ」と言っているわけでしょう。マイナスのイメージがまずあっての、プラスイメージにしようというのが、ちょっと違うような気がして、苦手なんです。悲壮感が。

頴川　実際、三谷さんはどうだったんですか。

三谷　妻と息子に「じゃあ行ってくるねー」とさらりと言って手術室に向かいました。妻も僕と同じようなタイプなので、全然深刻な感じではなくて「はーい」みたいな。息子も「いってらっしゃーい」と明るく。当時1歳半でしたが、いつもと違う雰囲気を悟られるのがイヤだったのでホッとしました。僕が乗っているストレッチャーに乗りたいって言ってたくらいで（笑）。

頴川　ふだんは見たことのない乗り物ですからね、ストレッチャーは。そうはいっても、ご家族は心配されていたと思います。

三谷　あとで妻が言っていましたが、実は当日のこと、まったく覚えてないらしいんです。僕が手術室に向かってから病室に戻ってくるまでと、その前後のこと、全部。時間がすっ飛んでるって。

頴川　そういうものです。

三谷　僕は全然不安はなかったんですけどね。当日、どんなスケジュールだったんでしょうか。手術自体にかかる時間はどれぐらいだったんですか？

頴川　手術室に行かれて戻ってくるまでが、だいたい6～7時間。麻酔をかけて準備をして、手術が終わってから麻酔が完全に醒めるまで待機している時間を含みます。手術自体はトータルで3時間くらいでしょうか。

手術より浣腸がつらい

三谷　手術当日の朝の浣腸がつらかった。手術の際はお腹の中のものを全部出さなきゃいけないので、前日から下剤を飲んで翌朝浣腸。若い看護師さんに肛門を見られるのがつらくて。僕の肛門、変な形なんだよな……と思いながら。

頴川　ナースは慣れっこですよ、いちいち肛門の形まで見ていません。

三谷　わかってはいるんですが……。

頴川　三谷さんの肛門コンプレックスは根深い（笑）。

三谷　手術自体は本当に痛くなかったんです。寝ている間に終わっている感じ。もともと暗示にかかりやすいタイプなんで、「麻酔」というフレーズを看護師さんが口にした瞬間にボーッとなります。まだ麻酔が入っていなくても。

頴川　麻酔いらずですね。

三谷　ただ、さすがに手術の冒頭は覚えているんです。だってこんな大手術、人生で初めてですから。手術台に横たわった僕をナースの方々が取り囲んで、ものすごくシステマチックにいろんなことが行われていて「ああ、こうやって手術は始まるんだ」と興味津々で。それで、詳しくは覚えてないんですけど、何かがうまくはまらない感じで、僕の右側にいた方がモタモタしてたんです。「大丈夫かな？」と思っているうちに、スーッと寝ちゃいました。あれは何だったんだろう。何かの蓋が閉まらないとか、そんな感じです。先生、覚えてます？

頴川　まったく覚えていません（笑）。

最新の腹腔鏡手術

三谷　今、おへそのすぐ横に、小さい痕《あと》みたいなのがあるんです。これがいわゆる手術痕というやつですか？　この部分をバーッと広げて手術をするんですか？

頴川　そうです。おへそ付近の皮は柔らかくできていてある程度広がるんです。戻してやると、また中におさまります。

三谷　おへそが伸び縮みするんですか？

頴川　伸び縮みするのは、おへそとその付近の皮ですね。おへそのくぼみの中をうまく切って、傷痕を目立たなくするやり方です。腹腔鏡手術といって、おへそ付近を含む、おなかに開けたいくつかの穴からカメラ（腹腔鏡）と器具を入れて手術をします。三谷さんはこの腹腔鏡手術です。もうひとつは開腹手術。オーソドックスな手術法で、下腹部を切開して行います。

三谷　ちょ、ちょっと待ってください。ほかにも穴を開けたんですか？

頴川　ええ。おへそのすぐ近くと、下腹部に4か所ほど。

三谷　4か所も？　1個しか気づいてなかった……。

頴川　小さい穴ですから。

三谷　その穴から機械を入れて、前立腺を切って、取り出すんですか。

頴川　はい。腹腔鏡とは内視鏡のことですが、モニターに前立腺を映し出しながら、鉗子《かんし》と呼ばれる手術器具を出し入れして作業します。

三谷　前立腺の摘出手術で、一番難しいのはどの瞬間ですか？

頴川　先ほども言ったように、前立腺の近くにはさまざまな神経が複雑に通っていますから、それをよけながらの摘出は大変です。単に前立腺を切除するだけなら2時間くらいで済みますが、神経をどう残すかを考えながらやると最低でも3時間くらいかかります。

三谷　手の動きを再現するとどんな感じですか？

頴川　両手を使ってこう、ピストルをもつような感じでやるんですけどね。

三谷　僕のことは全然見てない？

頴川　モニターだけを見ています。

三谷　モニターだけなんだ……。

頴川　だから肛門を見る暇はなかったんですよ（笑）。

手術用ロボット・ダヴィンチ

三谷　僕の手術のときは何人くらい、手術室にいたんですか？

頴川　麻酔科医と、手術をする人が３人。あとは道具を準備して手渡しする人、いろいろなものを取り出してくる人。最低で６人くらいです。

三谷　助手さんはどういうことをやっているんですか？

頴川　手術をする人がスムーズに作業できるよう場所を広げて固定したりなど、それこそ阿吽の呼吸で共同作業をします。カメラを操作する担当もいますし、だいたい3人がかりで行うのがスタンダード。最近では医師が操作しますが、手術用ロボットで手術することもあります。

三谷　なんだかロボットってイヤだなぁ。そのロボットって、別に人の格好しているわけじゃないですよね？　アトムみたいなのとは違うんですよね、たぶん。

頴川　どう見ても全然違います。ただの機械です。

三谷　しゃべったりするんですか。

頴川　しゃべりません。そうだ、簡単な英語はしゃべりますよ。

三谷　うちの空気清浄機みたいな感じかな。

頴川　「セッティングします」とか、そんなレベルです。名前はダヴィンチといいます。腹腔鏡手術同様、お腹に複数の穴を開け、執刀医が遠隔操作して、その手の動きをロボットアームが再現して手術します。このロボット支援前立腺全摘除術は2012年に保険適用され、近年増えているんです。

手術中のユーミン

三谷　手術中、先生は音楽を聞いたりするんですか？

頴川　聞きます、聞きます。

三谷　どんな曲を？

頴川　荒井由実とか、松任谷由実とか。

三谷　手術中にユーミン？　僕のときもですか？

頴川　たぶん、そのジャンルのものを聞いていたと思いますね。

三谷　手術室全体に流れているんですか？　ヘッドフォンで聞くんですか？

頴川　部屋のスピーカーで流しています。音楽に関しては、執刀医が選択権をもつんですよ。だから執刀医がオペラ好きならオペラだし、ロックや浪曲、落語というときもある。

三谷　落語かぁ。大事な瞬間に笑ってしまうことはないんですか。

頴川　そこはやはり配慮して、何度も聞いている話を流していると思いますよ。ただ、手術中に使う機械にアラームがついていて、たとえば患者さんが麻酔で酸素を吸っている間、酸素濃度が低くなったときなど警報が鳴るようになってるんです。ですからロックを大音響でかけるのはダメで調整してもらいます。警報音が聞こえないのはまずいですから。

三谷　生歌は？　ユーミン本人が横で歌ってくれるとか。先生の誕生日に。

頴川　それはうれしいですね（笑）。うれしすぎて集中できないかもしれない。

三谷　歌うほうは緊張するでしょうけどね。

「真田丸」のテーマ曲が同時に流れて

三谷　手術後、すごく覚えていることがあって。
頴川　なんでしょう？
三谷　入院中に、「真田丸」の初回がオンエアされて、記念すべき第1回の放送を病室で見たわけです。
頴川　どんなお気持ちでしたか。
三谷　翌日、担当の看護師さんが「『真田丸』のテーマ曲がいろんな病室から同時に流れていましたよ」と教えてくださって、それがすごくうれしかったなぁ。
頴川　それだけドラマが心待ちにされていたということでしょう。でもまさか、同じ病院内に三谷さんがいるとは、ね。
三谷　もうひとつ、術後にうれしかったことがあります。僕、臀部にちょっとできものといいますか、プチッとした吹き出物、ピッとイボみたいのができていて。それがずっと気になっていて……、手術前に「どうせ手術するんだったらこれも取ってもらえないですか？」と先生に聞いたじゃないですか。そしたら「それは私の管轄外です」とおっしゃったのに、終わったらなくなっていた。その部分に絆創膏が貼ってあって。

三谷　サプライズプレゼントです。

顎川　追加料金は発生してないですか？

三谷　サービスさせていただきました（笑）。

顎川　ありがとうございます。

大河ドラマでいうと何話目ですか

顎川　私も驚いたことがあります。手術が終わった後、三谷さんから携帯にショートメールをいただいたんです。手術室から病室に戻られてから、まだそんなに時間が経っていないから驚いて。

三谷　メールしましたね。まだ残ってるかな。

（と、携帯のショートメールを検索する）

頴川　手術の後、いろいろな事務作業を終えてから病院を出て、三家族合同の新年会のホテルに向かって歩いているところでした。

三谷　どうして驚かれたんですか？

頴川　いや、お元気だなと（笑）。普通は、疲労感とともにボーッとしておられるんですよ、麻酔の影響で。ですから皆さん、病室に戻られたらすぐに爆睡されています。

三谷　あ、送ったメールがありました。〈三谷です。あっという間でした。今はまだ全く痛みありません。モルヒネボタン、押してみたいです〉1月6日、18時11分です。

頴川　やっぱり。手術後、夕方に病室に戻られているはずですから、わりとすぐですね。

三谷　送っておいてなんですが、モルヒネボタンってなんですか？

頴川　痛み止めをご自分で調整するボタンです。痛くなったときに押すと自動的に薬が出てくる仕組みです。

三谷　メールの続きです。〈イボまで取っていただいて感謝〉って書いてあります（笑）。よっぽどうれしかったんだ。〈先生もさぞお疲れのことと思います。お体大事になさってください〉とも。

頴川　お気遣いいただいてますね（笑）。

三谷　そしたら先生が〈都内におります。何かご心配なことでもあればご連絡ください。今晩はゆっくりお休みください〉とお返事くださいまして、それに対して僕がこう返しています。〈心強いです。質問です。僕と前立腺がんとの愛の物語の中で、今日の手術は第一章の終わりですか？　第二章のはじまりですか？　最終章のはじまりですか？　最終章の終わりですか？　僕らは今どのへんにいるのでしょうか〉って。

頴川　ああ、覚えてます。

三谷　先生からは〈いい質問ですね。はじめにと言うか、物語の最初のほうになります。第一段階です。お返事になったでしょうか〉と返事がきました。ちょっとショックだったんですよ。最終章だと思っていたから。まさか、第一章の始まりだとは……。

頴川　(笑)

三谷　僕は次にこう質問しています。〈もう少しだけ聞かせてください。「真田丸」は全50話あります。大河ドラマでいうと、僕の今日の手術は第何話目になりますか〉と。先生からの返信は〈そのセンスがたまりません。だいたい5話目ぐらいでしょうか〉とあって、まだ5話かよ……って、やっぱりがっかりして。さらに、しつこく〈まだそのへんですか。何となく38話ぐらいかと思っていました〉というメールを送っています。先生、お困りだったんじゃないですか。

頴川　いや、困らないですよ。思わず笑っちゃいましたけど(笑)。

三谷　また厄介なメールきたぞ、面倒くさいやつだなって……。

頴川　いやいや（笑）。

三谷　寝てろって感じですよね。目がさえちゃったんですよね。で、寂しくなって……。

頴川　今、はっきりと思い出しました。

三谷　最終章ではなくて、まだ5話目だとか物語の最初だとか、そのへんの意図をお願いします。

頴川　どんな病気も、治療をしてそれで終わりじゃないんです。治療が本当にうまくいったかどうか、きちんと確認していかなきゃいけない。そこの部分が結構長いんですよ。だからまだ、物語は始まったばかり、とお返事しました。

三谷　確かに。そもそも最終回があるかどうかもわからないですよね。

頴川　そうです。前立腺に関していうと、10年は必要なんですよ。術後も定期検査を積み上げながら、日々の生活、健康にしっかり気をつける。しかも人間は、若返るのではなく、歳をとっていきます。衰えていくわけです。

手術がゴールではない

三谷　僕は2016年に手術したから、今年で5年か。10年だとして、あと5年経ったら先生に「もう来なくていいですよ」って言われるんでしょうか。それはそれで寂しいんですが。

頴川　寂しがりですね（笑）。

三谷　会えなくなるの、イヤじゃないですか。

頴川　10年経って異常がなくても、その後も年1回、定期的にチェックされる方もいます。前立腺だけでなく、ほかの場所も病気になり得るという前提のうえで。

三谷　そうだ、こんな話を聞いたことがあります。前立腺がんはそれほどまでに長いスパンの病気なので、だいたいの方は前立腺がんで亡くなる前にほかの病気で亡くなる、と。

頴川　そうですね。我々は今、ある意味それを目指しています。僕が医者になって最初に受け持った患者さんが前立腺がん末期の方でした。１９８１年ですから、40年前ですね。骨に転移していて「痛い痛い」と苦しんでおられて……。当時と比べると、前立腺がんに関しては、やれることが月とスッポンぐらい違います。１９８０年代前半は、前立腺がんで外来に来られた方の半数がすでに転移のある方でした。ＰＳＡ検査もなく、気づいたときにはがんは進行していて、転移していると手術は不可能、ホルモン治療が効かなくなると余命１年くらい。怖いがんでした。

三谷　そうなんですね。

頴川　今は医療の発達によって、骨に転移がある方でも4～6割が5年以上人生を楽しめるようになっています。何より、ＰＳＡ検査の登場によって、前立腺がんを早期発見できます。ですから、イメージとしては、前立腺がんを「慢性病」にしなきゃいけないと思っています。慢性胃炎、慢性腰痛のように、慢性前立腺がんとして、前立腺がんで命を落とすのではなく、慢性病に変化させたい。誰でも一回は死ななくちゃいけません。ですから、前立腺がんになっても、慢性病として付き合うことで、少なくともこれで命を落とすことは避けたい。そういった意味でも、三谷さんはまだ入り口なんですよ。だから第一章の始まりです。

三谷　無事手術も終わって、てっきり最終章だと思っていたのに。あれは衝撃的でした。

頴川　皆さん、手術がゴールだと思いがちですよね。これからですよ。でも、大河ドラマが50話だとしたら、今は何話目かと聞かれたのは初めてです。わかりやすいたとえなので、これから使わせていただくかもしれません。

三谷　ぜひ！

第3章

快復

アンコウの吊るし切り

頴川　術後、体の具合はどうでしたか。

三谷　目が覚めたら、なぜか体中がものすごく痛かったんですよ。かなりハードな筋トレをした後のような痛さで。

頴川　手術中、力が入っちゃったんですかね？

三谷　ひょっとして、手術をしやすくするため、僕を逆さ吊りにしたってことはないですか？　両足を広げて、頭を下にして、天井から吊るしたりとか、そういう痛さなんですが。

頴川　ないですね（笑）。

三谷　イメージは、アンコウの吊るし切り。巨体のアンコウを吊るして、回しながらさばくやつみたいに。

頴川　逆さ吊りにもしてないですし、吊るし切りにもしてません（笑）。ただ、手術の際、骨盤を見るために角度をつけて足のほうを30度上にあげるんです。骨盤上位っていうんですけど。

三谷　足のほうを上にするんですか？

頴川　はい。

三谷　それ、ズルズルってならないですか。

頴川　ちゃんと固定します。

三谷　じゃあそれだ。とにかく、全身がものすごく痛かったんですよ。

頴川　腹腔鏡手術では、内視鏡で前立腺を見やすくするため、二酸化炭素を注入してお腹をふくらませます。術後、その二酸化炭素がどこに抜けていくかというと、体の上のほうに抜けていくんですよ。皮下気腫というんですが、全身がひどくむくむ方がいらっしゃいます。それが原因かもしれませんね。二酸化炭素は自然に抜けてなくなりますが。

三谷　実は白状しますが、入院中に知り合った患者さんが教えてくれたんですよ。手術のときは逆さ吊りにするって。

頴川　それ、都市伝説です（笑）。

クンタ・キンテに想いを馳せて

三谷　入院はぴったり1週間でしたよね。

頴川　そうです。入院中、病室にたくさん書類をもちこんでらした気がしますが、三谷さんの人生で最ものんびりできた1週間だったのでは？

三谷　そうかもしれません。読みたかった本や観たかった映画やドラマのDVDを大量にもちこんでいました。大河ドラマの脚本を書いていた時期なので、大河の役に立つことをこの間にみっちり吸収しようと思って。

頴川　あれ、全然のんびりしていませんね（笑）。

三谷　なにか仕事がらみのことをしてないと不安だったんです。入院中に観た作品ですごく覚えているのは、アメリカのテレビドラマ「ルーツ」。僕が中学生ぐらいのときに観た作品ですが、ブルーレイ版が出ていたので買ったんです。長時間ドラマで12時間ぐらいあるんですけどまとめて観ました。アレックス・ヘイリーが自分の家族の歴史を描いた長編小説のドラマ化なんですが、アフリカからクンタ・キンテ少年がアメリカに連れてこられるんです。僕が今体験していることよりも、もっともっと大変な目に遭っている人たちの話なので、彼らに比べたら、僕の吊るし切りなんて、どうってことはないと……。

頴川　吊るしてないですけどね。

退院祝いはデニーズ

三谷　退院した日、お祝いに何か食べようと、妻に頼んでどうしても行きたかったレストラン、デニーズなんですけど、連れていってもらったんです。そうしたら、駐車場から店内の席までたいした距離ではないんですが、歩くのがものすごくきつくて。たった1週間なのに、こんなに筋力って落ちるのかと驚きました。本当にもう、身も心もおじいさんになった気分でした。

頴川　下半身の手術ですし、入院中はほとんど動かないですしね。

三谷　階段なんて数段なのに、すぐに息があがって……。

頴川　術後の入院に関しては、面白い話がありましてね。私は子供がふたりいるんですが、家内は日本とアメリカ、両方で出産経験があるんです。彼女が言うには、出産後、病室に入ってくる看護師さんの対応が日本とアメリカでは全然違うらしいんです。日本では、腫れ物に触るように「大丈夫ですか?」と、とても気遣われる。すると、初産だったこともあって家内は「私、大丈夫なのかしら……」とまず思うらしいんです。ところがアメリカでは、アメリカ人の元来の陽気さもあるのか、いきなり入ってきて「How are you doing?」、「いつまで寝てんの？　さあ、起き上がって！」と肩をバシッと叩かれるらしい。すると不思議とこちらも「あら、そう？」と思ってパッと立ち上がれてしまう、と。家内の場合、ふたりめの出産だったというのもあるかもしれませんが、そのへんが明らかに違うと言っていました。実際、そのときは家内の両親もアメリカに来ていて、出産の翌々日には市内観光に連れていったようです（笑）。

三谷　えぇー？

頴川　日本はどうしても大事をとるという習慣があるので、おそらくベッドから起きるときも転ばないように支えてもらえるし、そのうえで頑張って歩いて一周してみましょうとか、そういう感じだと思います。一方アメリカでは、もう動けるんだから、さあ歩いて、という感じ。どちらがいいというわけではありませんが、受け手側の心構えは変わってきますよね。ですから、三谷さんがおじいさんになった気がしたっていうのは、入院中の患者さんへのアプローチという側面もあるかもしれません。実際には、三谷さんのご年齢だと術後2晩くらい安静にしていれば、そんなに大きなインパクトはないと思います。

三谷　でも、術後って、やっぱりなんか怖いんですよね。いきなり体を動かすと、体内で何かが外れちゃうんじゃないかとか。

頴川　点滴もありますしね。

三谷　尿道に管も入っているし。そんな状態で市内観光なんて無理です（笑）。

頴川　たしかに。

尿道から管に萎える

三谷　そうだ、尿道に管で思い出しました。あれはつらかったですよ。術後の尿道から管を抜く瞬間。あれはイヤですね。前立腺の手術は、どうしてもって頼まれたらもう一回やってあげてもいいけど、尿道から管を抜くのはもうごめんですね。

頴川　三谷さんは特に痛みに敏感ですしね（笑）。

三谷　いや、僕だけじゃないはず。

頴川　イメージがありますよね。腹の奥や尿道に管が入っていて、さあ取りましょうと言ったらどんな人もやっぱり身構えます。痛くないとは言わないですけど、身構えた状態で抜くのと、知らない間にサッと抜くのとは違います。痛みに敏感な人は想像力もたくましいですから。

三谷　いやでも、男の人のおちんちんの先っぽって、どうみても管が入るような感じではないじゃないですか。あんなちっちゃいところに（笑）。今も想像できないですもん。どうやって管が入ってたんだろうとか、どうやって抜いたんだとか。管の直径ってどれくらいですか。

頴川　16～18フレンチといって、フランスの単位を使っているんですが、5、6ミリ程度かな。

三谷　ほら、結構な太さじゃないですか。ちょっとした油性ペンですよ。それが術後から退院ギリギリまで入っているわけです。違和感はすごかったですよ。

頴川　正確にいうと管は2本あって、腹部に排液管（ドレーン）、尿道に管（カテーテル）が入っています。

三谷　2本ありましたっけ。

頴川　前立腺は膀胱と尿道の間にありますから、だるま落としみたいに前立腺を取り除いた後は、膀胱と尿道を繋ぎ合わせます。ドレーンは、術後すぐはその繋いだところから尿が漏れるため、それを吸い出すための管です。尿漏れがなくなったら術後3～4日くらいで抜いたはずです。尿道の管は、退院ギリギリまで入っていますが。

三谷　痛いのはもちろんなんですが、気持ち的に萎《な》える部分もありました。尿道からって、初めての経験だったんで。あそこの先から何か伸びてるっていうのは考えただけでも背筋が寒くなる。

頴川　まあ、生物的に男性のほうが痛みに弱いですしね。女性は出産に備えなきゃいけないので、痛みに強くできています。女性は生理があって、毎月出血の経験もあるから、出血にも強い。それだけでなく、いざというときの体力も全然違います。圧倒的に生命力が強く、たくましいんですよ。

おむつ生活に凹む

三谷　それと退院後、しばらくはおむつ生活をしていたんですが、あれも精神的に結構きます。越えなきゃならない試練なんですけどね。

頴川　皆さんおっしゃいますね。尿漏れ、尿失禁こそ、前立腺がんの手術の一番の副作用といっても過言ではありません。蓄尿、排尿のコントロールにひと役買っていた前立腺が失われるわけですから、手術直後は一時的にせよほぼ１００％の方に尿失禁が起きます。膀胱と尿道の間にある前立腺は、お腹に圧力がかかったときのクッションの役割を果たしています。女性はもともと前立腺がない分、お腹に力がかかったら漏れる、あるいは漏れそうになることを知っています。腹圧性尿失禁といいますが、男の人はこれまでそんな経験がないわけですから面くらって当然です。

三谷 ジョーッと出る感じではないですが、お腹に力が入っただけで漏れていたり、え？　いつの間に？　という感じ、しばらくはおむつをしていないと不安でした。

頴川 最初は立ち上がろうとしただけでも尿失禁が起きることもあります。

三谷 何より、おむつをして生活していること自体がなんだかもの悲しい。手術後、すぐに舞台の稽古が始まったんですが、ずっと稽古場ではおむつをしていました。もちろんみんなには内緒ですが、「僕は今、誰にも悟られずにおむつをしている」という状況は胸に迫るものがあった。術後の尿漏れについてはちゃんとお話を聞いていたし、覚悟はしていたものの、きつかったですね。

排尿排便は人間の尊厳

頴川　男性が女性に比べて実は非常にナイーブという面もありますが、そもそも排便排尿というのは小さいときからきちっと躾《しつけ》をされるじゃないですか。ある意味、人間の尊厳にかかわるんです。ですからそこがうまくいかないと、一気に自信が崩壊してしまいます。三谷さんだけでなく、手術された方は皆さん同じように心理的ダメージを受けています。

三谷　あと、「おむつがバレるんじゃないか」という不安もあるんですよ。「三谷さん、何か股間がモコモコしてますよ」って言われるんじゃないかって。もしくは、僕には直接言わないけれど、本当はみんなわかっていて、あえて黙ってくれているんじゃないかって妄想したり。

頴川　考えすぎですよ。それに、今のおむつは非常に優れています。昔はそれこそ、モコモコしていましたが、今は薄くて吸水性に優れたものが多く開発されています。はくタイプの紙おむつなんて、あまりに優秀なので慣れるとやみつきになるという方もいるくらい。

三谷　えっ、どういうことですか？

頴川　快適なんですよ。尿をしてもジュクジュクせず、サラサラで心地よいと。それなりの年齢の政治家は、国会の長時間審議の際、紙おむつをされているという話も聞きます。審議に入るとドアが閉められ、トイレで一度外に出ると、入れないそうで。

三谷　へえ。意識していないときに尿が染み出てしまうのはわかりますが、たとえばしゃべっているときに尿意をもよおしたら「今、しちゃおう」と意図的におしっこをするわけですよね。紙おむつをしているとはいえ、している最中は、僕だったら無言になっちゃうな。尿を出しながら流暢にしゃべるっていうのはかなりの強者《つわもの》ですよ。

頴川　慣れなんでしょうかね。

三谷　紙おむつ以外に、僕は女性用のナプキンを折っておちんちんに巻くという手法も併用してました。看護師さんに教えてもらったんです。

頴川　なるほど、それはいいかもしれません。漏れる量に合わせて、下着に貼りつけられる専用の尿パッドも優れものが続々登場していますしね。

初めてのひげと宮崎駿

三谷　実は入院中、「どうせしばらくはあまり人に会わないし」と、人生で初めてひげを伸ばし始めたんですよ。

頴川　イメチェンですか。

三谷　興味本位というか実験ですね（笑）。退院後しばらくはやっぱり怖くてあまり出歩きたくなかったので、大河ドラマの打ち合わせも全部電話でやるようにしていました。打ち上げも出なかったんですが、会場で流すからビデオメッセージが欲しいと言われて。仕方なく撮ったんですが、ひげを伸ばした僕の姿に、みんなビックリしたらしいです。

頴川　でしょうね。

三谷　そのビデオを撮りながら気づいたんですが、僕、ひげを伸ばすと宮崎駿《はやお》さんに似ているんですよ。

頴川　結構もじゃもじゃだったんですか？

三谷　ジブリ並みに生えてました。それで、わざと宮崎さんに寄せてチェックのシャツを着てみたり。眼鏡も似たものをかけたり。（携帯でその写真を見せながら）ほら、髪もちょっと宮崎さん風に……。

頴川　またそんな、面白いことを。でも、確かによく似ていますね（笑）。

体重増加と古川ロッパ

三谷　退院後、体重がすごく増えました。先生は、前立腺を取り除いたことと体重増加は関係ないとおっしゃっていましたけど、とはいえ何かホルモン的なものもあるんじゃないですか？

頴川　前立腺とホルモンは関係ないですね。やっぱり気持ちのうえで、どうしても最初はいろんなことが億劫《おっくう》になるでしょうし、体を動かさなかったこと、運動不足が原因でしょう。

三谷　そういうことか。

頴川　何キロくらい増えたんですか？

三谷　10キロくらいかな。入院中は痩せたから差が激しくて。それって、術後の健康としては、まずかったですか？

頴川　逆に、痩せほそってしまうよりいいですよ。

三谷　1月に退院したその年の年末、24年ぶりに役者として舞台に立ったんです。「エノケソ一代記」で、古川ロッパという実際にいた喜劇俳優の役なんですが、その古川ロッパさんはすごく太っている人で、世間的には役づくりのために三谷は体重を増やした、ということにしました。

頴川　怪我の功名（笑）。

三谷　「あれ、どうしたんですか？　特殊メイクですか？」と観に来た鈴木京香さんに言われたのを覚えてます。

頴川　でも、手術後1年経たないうちに舞台に立つなんてすごいですよ。

三谷　実際、前立腺がんの手術後は、尿失禁とか精神的なものはあるけれど、肉体的にはマイナスなことはないですよね。本当はもっと動いてもよかったってことですか？　走ったり、運動したり。

頴川　大丈夫です。退院直後からいきなりバット300回振る人もいました。スポーツマンの方ですけど。ただ、毎日振り回すせいか、なかなか尿漏れが治らない、と（笑）。

三谷　明らかに振りすぎですよね。

頴川　退院の際、「退院後はしっかり筋肉を鍛えてください」と言ったら、毎日バットを振っている、と。お腹に力がかかりますから、そりゃあ尿は漏れますよね。まあ、その方は極端ですが、バットを振り回せるぐらい肉体的には問題ないということです。

尿漏れは焦らず気にせず

三谷　尿漏れは、普通、術後どれくらいで改善するものなんですか？

頴川　医学的には3か月です。85％の方が3か月で尿漏れがなくなり、1年後には95％の方は治っています。ただ、改善してきても、くしゃみなどお腹に力が入るときは尿漏れしやすいですし、焦らず回復を待ちましょう、とお伝えしています。そもそも、膀胱は筋肉です。ぐにゃぐにゃといつも動いていて、排尿の際、尿を絞り出す動きをします。これで膀胱の出口めがけて水圧をかけていくんですよ。これが正常な動きですが、その筋肉の動きが変になってうまく圧力がかけられなくなる。これは年齢変化なんです。

三谷　僕は、術後もう5年経つので、尿漏れはまったくないとは言わないけど、一応卒業しました。でも、たまにあるときが不思議で、必ず夕方4時〜5時の間に出ちゃうんですよ。時間が決まっている。尿漏れで時計を見なくても時間がわかる。夕方だけですけど。

頴川　理由はわかりませんがバイオリズムでしょうか。その時間帯、ひどく疲れているとか。

三谷　たまにですけど、確かにちょっと疲れたときですね。

頴川　三谷さんのように決まった時間に尿漏れが起きる方や、お風呂に入るときは大丈夫だけれど、出てくるときに漏れてしまう、という方もいます。あるいはリラックスした瞬間や、あぐらをかくとダメだとか、いろいろなパターンがあります。

三谷　ジムに行くと、今でもドキドキしますね。

頴川　お腹に力を入れますからね。あまり意識しすぎないことが大切です。

愛しの前立腺

三谷　尿漏れに効く、何かいいことってあるんですか？　たとえばエクササイズや姿勢など。

頴川　専門のナースの方が提唱されている尿失禁体操というのがあります。括約《かつやく》筋《きん》を鍛えましょう、というものです。

三谷　括約筋？

顋川　便を切る筋肉の肛門括約筋と、尿を切る筋肉の括約筋というのがあって、ともに連動しています。こう、8の字になっていて、片方を縮めたときにもう一方も一緒に縮まります。その仕組みを利用した体操で、もとは女性の尿失禁対策に啓蒙していましたが、最近では男性にもいいのでは、とすすめてらっしゃいます。

三谷　効果はあるんですか。

顋川　一応ですね。ただ、劇的な効果はないように思います。筋肉といっても、男性の括約筋は1つじゃなくて、2つのコンポーネントに分かれているんです。男性の場合、たとえばまったく意識してないときに尿が溜まってきても、漏れていかないですよね？　それを抑える遅筋《ちきん》という種類の筋肉があるんですが、そちらのほうは鍛えられません。体操で治すのは難しいと考えられています。ですから、教科書や本に書くときは「そういうのがあります」みたいな紹介調の書き方になってしまいます。

三谷　いずれにしても男性にとって失禁は、なんかこう……凹《へこ》みますよね。

頴川　下着にわずかなシミができただけで落ち込む人もいます。対して女性は、一般的に三〜四割の人に失禁が起きると言われるうえ、生理の処理で慣れていますから、そこまで気にされない人も多い。男性は慣れていないんですよ、なんだかんだ男の人のほうがナイーブだし。

三谷　体の仕組み的に、男性は前立腺の病気をしなければ、女性ほど尿漏れをしないってことですよね？

頴川　前立腺がブロックしているので、女性に比べると尿漏れは圧倒的に少ないですね。逆に尿が出なくて困る場合があるくらい。前立腺がなくなると理屈のうえでは女性と同じような状態になるわけで、お腹に力がかかったときに漏れてしまう。日常的に「お腹に力がかからないようにしてください」といってもそれはなかなか難しいですし。

三谷　あらためて、前立腺は男性にとってはめちゃくちゃ大事。

頴川　まさに、愛《いと》しの前立腺です。

頻尿は成熟の証

三谷　最近、トイレに行く回数が以前よりすごく増えたんですけど。これは、前立腺がんの手術と関係ありますか？

頴川　年齢変化です。歳をとることによる膀胱の変化なので、前立腺ある・ないとは、別の変化です。いわゆる成熟の証みたいな。

三谷　老化ではない？

頴川　老化とはいいません。年齢変化。

三谷　いい言葉だ。最近、夜中も必ずトイレに行くようになっているんですが、それが絶対3時なんです。目が覚めるのは必ず3時。体内時計というか、不思議ですよね。

頴川　夜中にトイレに行くのが1回だけだったら、何時だろうとまず問題ありません。一番困るのが、トイレに行こうかな、行きたいなと思ってから実際に排尿するまで我慢できる時間が極端に短くなることです。そこにトイレがあるのに、あと半歩のところで漏らしてしまうとかですね。

三谷　対策はあるんですか？

頴川　膀胱の薬を飲んでいただきます。それこそ先ほど言った人間の尊厳も著しく損ないますから、コントロールしないといけないですね。

尿のキレ

三谷　尿のキレが悪くなったのは、これも年齢的なことですか？

頴川　そうですね。

三谷　年齢変化ですね。以前はなかったことですが、おしっこをした後、丁寧に終わったことを確認しないと、ちょっと残っていたりする。

頴川　下着やズボンが汚れてしまうこともありますよね。

三谷　そうなんです。だから、外出先のトイレでは必ず個室でズボンを脱いで、おしっこをしてからしばらく確認。それからズボンを上げるようにしています。だから僕が個室から出てきたのを目撃してもうんちだとは決めつけないでほしい。それと最近社会の窓をよく閉め忘れます。今までそんなことなかったのに、月に1回は閉め忘れます。これも年齢変化と考えていいですか。

頴川　社会の窓を閉め忘れるのは……個人的なことかと（笑）。

三谷　前立腺を取ったこととは、関係ないですか。

頴川　全くないですね。余談ですが、男性のズボンにはチャックがあって、ペニスを引き出して排尿しますよね。今のズボンは昔に比べてチャックの長さが短くなって高い位置についているんです。ですから、昔と比べてペニスが引っかかりやすいうえ、ペニスが上を向いて排尿してるような状況になり、根元のところで尿が溜まっちゃうんです。下着も下げにくいですよね。

三谷　確かに。出しづらくなった！

顕川　そういうのも影響していると思います。

三谷　なぜ、チャックが短くなったんですか？

顕川　ズボンのデザインとして、そういうのが流行りらしいです。チャックが短いほうが、おしゃれだと。

人間の適応力ってすごい

三谷　尿に関しては、手術から5年経って、やっといろいろなことに慣れてきました。自分の体の仕組みがわかってきたといいますか。たとえば、「あ、今、おしっこ出たかもしれない！」と思った瞬間というのは、実はおしっこはまだ出てない、とか。男性はやっぱりおちんちんの長さがあるから、出たと思った瞬間って実は、先っぽから出た瞬間じゃないんですよね。

頴川　タイムラグがあるわけですね。

三谷　そうです。だからトイレに行く間合いも、慣れてきました。学びの日々です。

頴川　適応力ですね。

三谷　人間ってすごいなと思います。ほんとにすぐ適応しますから。

頴川　前立腺のように、これまであったものがなくなるって、大変なことなのに。でも、あるものがなくなる経験というのは、人間の進化において、意味があることだと思います。

三谷　僕の今の携帯電話、ものすごく調子が悪くて、ネットで調べようと思っても異常に時間がかかるんです。検索かけてから結果が出てくるまで4〜5分かかったりするんですけど、もうそれに慣れちゃって。検索とはそういうものだと思えばイライラしない。

頴川　それも適応力ですね。ちょっと違う気もしますけど（笑）。

第4章

前立腺がん

ないがしろにされがちな前立腺

三谷　僕が前立腺がんになったのは54歳のとき。これは、年齢的には早いほうなんですか？

頴川　早いほうですが、めちゃくちゃ早いか、というとそうでもありません。私がこれまで経験した中で、一番若い方は42歳。ただ、すでに転移があったので、完全に治しましょうという段階ではなかったんですが。

三谷　10代や20代で前立腺がんになることはあるんですか？

頴川　前立腺がんの芽のようなものがいつできるかはっきりしていないんです。ただ、アメリカで、29歳で事故で亡くなった方を解剖した際、前立腺に病気があったという事例があります。10代ではわかりませんが、20代では前立腺がんの種みたいなものができていて、そこから発芽するのに時間がかかる。そういうイメージです。

三谷　年齢とともに成長するんですか。

頴川　はい。前立腺は思春期に増える男性ホルモンの影響を受けて成長し、働きだします。成人でだいたいクルミ大くらいの大きさに、重さにすると20グラム前後、横幅3・5センチ、前後2・5センチくらい。成人後、40歳くらいまではこの大きさは変わりません。

三谷　想像以上に小さいんですよね。口に入る大きさ。

頴川　前立腺は膀胱の出口にあって、尿道を取り囲んでいます。小さい臓器ながら、尿も精液も前立腺の中を通って外に出ていきます。また、背側は直腸と接しているため、直腸診といって、医師が肛門から直接指を入れて、直腸の壁ごしに前立腺の大きさや硬さ、形を調べることもあります。かつてはこのやり方がスタンダードでした。ただ、三谷さんのように早期のがんだと触れても異常はわからないんですよ。

三谷　それは痛そうですね。ぐりぐりやるわけでしょ。

頴川　いや、ぐりぐりやりませんし、痛みはそんなにないですよ。

三谷　前立腺の機能としては、勃起や射精、排尿にかかわる器官という認識でいいですか？

頴川　そうです。精液の一部を大量生産し、射精や排尿をコントロールしています。

三谷　今でこそ男性にとっては耳慣れてきた臓器ですが、前立腺のちゃんとした役割を言えと言われたら、まだまだ知らない人も多いと思う。それこそ僕のようにがんになるとか、検査に引っかかるとかでもない限り、前立腺という言葉にふれることがあまりない。風俗系で「前立腺マッサージ」みたいな言葉はあるけど、あれ、前立腺と関係ないですしね。男性にとっては、勃起や射精とか性機能とか「男のプライド」にもかかわる重要なものなのに、ちょっとないがしろにされている気がします。

顯川　おっしゃるとおりです。先ほど、前立腺がんがいつできてどう成長するかは、いまだにはっきりとわからないと言いましたが、実際、前立腺はまだまだ謎が多い臓器です。

三谷　なぜ、なかなか解明されないんですか？

顯川　端的にいうと、医学界の最優先事項でないからです。

三谷　えええっ。

顯川　前立腺をもっているのは哺乳類のオスだけですが、人間や猿、犬などは１つ、ネズミには４葉あります。たとえばネズミの前立腺を全部取ってしまっても、ネズミは死にません。つまり、生殖に関係しても生死には関係ないんです。人間も同じで、がんが転移している場合は別ですが、前立腺を全摘出しても命そのものにはかかわらない。となれば生死に直結しないことを研究する人は増えないし、予算もつきにくい、というのが現実です。

男性の罹患数1位は前立腺がん

三谷　でも、男性の罹患数（1年間に新たにがんとわかった人の数）の1位は、前立腺がんなんですよね？　胃がんや肺がんを抜いてトップと聞きました。

頴川　ええ。国立がん研究センターが発表している「がん罹患数予測」によると、2015年以降、男性がかかるがんの第1位、あるいは上位に前立腺がんがきます。21年の予測は9万8500人で1位です。別の予測でも、2020年から2024年の間に10万人を突破、1位と予測されています。

三谷　世界的にみてもそうなんですか？

頴川　アメリカはもともと前立腺がん大国で、罹患率は1位。よって世間の認知度も高く、医療技術もトップクラスです。一方日本では、かつては「日本人はかからない」と言われていました。それが、今や日本人男性が最もかかりやすいがんに。約60年前は「日本に前立腺がんはない」とまで言われていたんですよ。

三谷　なぜ、急増したんですか。

頴川　そもそも、日本人が前立腺がんにかからない、ということはありません。ただ、日本に前立腺がんはない、と信じられてきた理由としては、前立腺がんで亡くなる前に、ほかの病気でなくなっていた、ということだと思います。実際、死後に解剖をすると前立腺がんを発症しているケースもありました。実は、医療関係者の間では、前立腺がんは別名「長生き病」といわれていました。がんは一般的に年齢が高くなるにつれ発生しやすくなりますが、前立腺がんはとりわけその傾向が強い。前立腺がんになった患者さんの平均年齢は72歳で、70代が罹患数、罹患率ともに圧倒的。つまり、長く生きていればいるだけ前立腺がんにかかる確率が高いのです。

三谷　日本は超高齢社会だから、前立腺がんが多いのは当然というわけですね。

PSA検査と、天皇陛下

頴川　それともうひとつ、前立腺がんが急増した理由としては、PSA検査（腫瘍マーカー）の普及があります。検査自体は1986年に導入されましたが、1992年ごろから少しずつ日本でも一般に知られるようになりました。前立腺特有の酵素「PSA」は通常、血液に含まれる量はごくわずかですが、前立腺に異常があると、血液中のPSA値（濃度）が高くなります。ただ、加齢とともにPSA値は自然に増えますし、高いからといって必ずしもがんとは限りません。しかし、数値に異常がみられたらさらにほかの検査をすすめることができ、結果、前立腺がんの早期発見に繋がっています。

三谷　つまり、今まで見つかっていなかった前立腺がんがPSA検査のおかげで、見つかるようになったということですね。

頴川　今でこそやっと、PSA検査は人間ドックのオプションになりましたが、1994年にある人間ドックでアンケートをとった際「前立腺がんというがんを聞いたことがありますか」という項目を入れたら、「聞いたことがない」という人が3割以上でした。私がアメリカから帰国したのが1991年ですが、帰国後すぐ、ある前立腺がんの患者さんの診察で「前立腺がんです」とお伝えしたら、「そんながん、聞いたことない」と奥さんに怒られたことがあります。言い方も良くなかったのでしょう。アメリカでは当たり前だったので断言したのですが、日本ではそれくらい知られてなかったんです。

三谷　前立腺がんが知られたきっかけってあるんですか。

頴川　日本人に一番インパクトを与えたのは、2002年の年末に公表された天皇陛下（当時）のニュースでしょう。当時の発表の際、記者とのやりとりで、手術を選んだ理由として、「検討のうえ、根治が可能だから」という内容を宮内庁が回答しました。手術は2003年1月でしたが、この年、日本人の前立腺がん患者が急増したんです。

三谷　天皇陛下のニュースを見て、男性がＰＳＡ検査を受けたんですね。

頴川　そのとおり。その会見は、日本中に前立腺がんの存在と、手術で根治できるということを知らしめる、ものすごい効果がありました。

三谷　確か、森喜朗元首相も。

頴川　そうです、森元首相は２０００年にがんが発覚、手術は総理退任後の２００２年でした。ほかにもナベツネこと読売新聞グループの渡邉恒雄さんや写真家の荒木経惟さん、芸人の西川きよしさんなど。前立腺がんになった著名人はたくさんいます。

三谷　なんか個性の強い人たちだなあ。そんな人たちと肩を並べることができて、ちょっと光栄です。

腰痛と血尿は要注意

三谷　僕は人間ドックのＰＳＡ検査で数値が少し高かったことでがんを早期発見できましたが、そうじゃなかったら絶対気づきませんでした。まったく自覚症状がなかったので。

頴川　逆にいうと自覚症状があるということは、病気がすでに進んでいるということです。これは前立腺がんに限ったことではなくて、ひどい胃もたれが続いておかしいなと思ったら胃がんだったなど、症状が出たときは進行がんというケースが多いんです。

三谷　前立腺がんの場合は？

頴川　血尿と腰痛ですね。ただ、腰痛の場合、皆さんまず整形外科にかかるんですよ。前立腺がんは、骨が造られる造骨性の特殊な転移をするので、整形外科の医師がみたらすぐわかります。それで、そこから泌尿器科にこられます。

三谷　症状としては、通常の腰痛とまったく一緒なんですか？

頴川　似ています。がんが進行すると、前立腺の周囲の骨盤や背骨など、骨に転移して激しい痛みを引き起こすんです。ほかにも、前立腺の中でがんが大きくなると尿道を塞いでしまい、尿が出にくくなったり、頻尿になったり、さらに膀胱にがんが進むと膀胱の中で出血をして血尿が出たり。

三谷　血尿が出たら即、病院？

頴川　はい、絶対、即行ってください。絶対、がつきます。血尿は前立腺がんに限らず、何かしら病気があると思っていいです。それから、もうひとつありました、残尿です。

三谷　残尿ですか。残尿って、どこも痛くないし「そういう歳だしなぁ」と年齢のせいで済ませてしまうかも。

頴川　残尿こそ危険です。尿路感染といって前立腺炎、腎盂《じんう》腎炎、膀胱炎を引き起こすなど、病気の温床です。残尿は急に増えるわけではなく徐々に増えていって気づかないことが多いので、おかしいなとわかったときには腎臓がダメになっていたりする。だまされやすいんですよ。

三谷　残尿注意ですね。それ以外だと、健康診断や人間ドックで、必ずPSA検査のオプションをつけたりして、定期的にチェックするしかないんですか。

頴川　40代まではあまり心配ありませんが、50歳を過ぎたら検診の機会を積極的につくることをおすすめします。先ほども申し上げたように、前立腺がんは転移が起きていない早期発見なら、根治する可能性が非常に高く、5年相対生存率（診断を受けた5年後に生きている人の割合）はがんの中ではナンバー1、100%に近いんです。

三谷　がんとしては、進行がとにかく遅いんですよね？

頴川　はい。一般論としては遅いですが、全部ではありません。3分の2がゆっくり進行するイメージです。ただし、前立腺がんは進行が遅いからといって油断は禁物。また、すでに進行しているがんとして見つかった場合も、余命が10年を超える方もいますし、少なくとも4割の方が5年以上生きられます。今はもっとのびていて、非常にコントロールしやすいがんといえます。前立腺は男性にしかない臓器ですから、まさに男性の健康と長寿のバロメーターですよ。

そもそも「がん」とは

三谷　今さら基本的な質問になってしまうんですが、まず、前立腺がんはどういう病気ですか？　そもそも、がんというもの自体、よくわかってなくて……。

頴川　がんは悪性腫瘍です。細胞が制御不能となって、どんどん分裂や増殖を繰り返し、ついにはその個体を死に至らしめてしまいます。

三谷　細胞は常に分裂しているものなんですか？

頴川　はい。たとえば皮膚の細胞は、擦《す》りむいた後、また覆われますよね。風呂に入ると垢《あか》が落ちて、表面の死んだ細胞は置き換わる。つまり、新陳代謝です。1つの細胞が分裂して2つになる。それを正しく2つに複製するための鋳型としてのDNAがあって、その変化は通常、一定のリズムや周期、法則があります。ところが、そのDNAに傷がつくと、一定の分裂のリズムが崩れてしまって、爆発的に変な細胞が生まれてしまう。これが、がんです。

三谷　わかるような、わからないような。

頴川　複製というより、コピーといったほうがいいかもしれません。皮膚の表面が新しくなると死んだ細胞が垢として落ちていくように、体中でそういったコピーによる再生が常に行われています。胃や腸の中、膀胱の中など、粘膜。骨や血液も同じ。血液にも寿命がありますから、どんどん再生し、工場でつくり直してるわけです。それは四六時中、寝ている間も行われています。その再生がうまくいかず、変な細胞ができてしまって、そいつが好き勝手、四方八方に仲間を増やしてしまうんです。

三谷　突然変異的な？

頴川　そうです。ただ、コピーがうまくいかず、変なものができてしまうことは織り込み済みなんですよ。たとえば、どんなに優秀なコピー機でも、数万回毎日毎日コピーを繰り返していたら、何かしらミスやトラブルは起きますよね。人間の体も同じです。日々、細胞のコピーを繰り返す中でのトラブルは織り込み済み。ミスが起きたらそれを治そうとする「修復遺伝子」というのがあるんです。

三谷　治してくれる遺伝子。

頴川　ところが、その修復遺伝子に異常がある場合がある。それを「変異がある」といいます。修復ができなくなることで、ミスした部分がそのまま繋がり、連鎖してしまう。それで、がんになるわけです。一個ミスったぐらいでは、がんにはならないんですよ。

三谷　体って想像以上にすごいな。

頴川　修復遺伝子が機能せずにできてしまった変な細胞は少しずつ大きくなって

いきます。ある程度の大きさ、仲間がたとえば仮に50個になったとするじゃないですか。そこから大きくなろうとするときにはさらに栄養が必要になります。50個ぐらいの細胞だと、リンパ液に浸って栄養を摂っていますが、さらに大きくなるためには、血管が入ってこないといけない。そこで血管を引っ張ってくるためのものを出すようになるんですよ。血管が生えてくる一方で、変な細胞はどんどん大きくなり、変異を繰り返します。つまりミスを繰り返すんです。

三谷　その連鎖を断つことが手術なんですか？

頴川　いや、手術では連鎖を断てません。早い段階で、変な細胞がいる場所を大きく切り取ってしまおう、というのが手術です。

三谷　がんて、聞けば聞くほど生き物なんですね。

前立腺がん、造骨転移の恐ろしさ

頴川　前立腺の「腺」は腺組織という意味で、液体を分泌する細胞の集合体です。前立腺は精液の一部を大量生産しています。その「液体を分泌する細胞（上皮細胞）」から発生する「悪性腫瘍」のことをがんといいます。ほかにも、筋肉や脂肪、骨から発生する悪性腫瘍もあります。骨肉腫などは聞いたことがあると思いますが。リンパ組織から発生する悪性リンパ腫、血液細胞などから発生する白血病など、悪性腫瘍にはいろいろな種類があります。それぞれ、悪性の細胞になる場所が違うんです。

三谷　前立腺がんというやつは、性機能や排尿に障害が出るといったことだけを心配している場合ではなく、骨に転移することがまずいというわけですか。

頴川　まさに。肺がんや胃がんでも骨に転移しますが、それらの転移は「溶骨」

といって、文字どおり骨が溶けていくので歩行が困難になったりしますが、痛みに関しては、体を固定するなどすれば多少おさまります。ところが、前立腺がんの骨への転移は「造骨」といって、骨を増やします。余計な場所に骨を勝手につくってしまうため、盛り上がって骨が変形します。骨の表面には骨膜があって、細かい神経がとおっています。造骨によってその神経を引きのばされるため、まるで内側からハンマーで叩かれるような強い痛みで、じっとしていてもおさまりません。

三谷　内側からハンマー。叩きづらそうだけど痛そう。

頴川　骨への転移は1か所ではありません。同時にいろいろなところへ転移します。前立腺がんで怖いのは、この骨への転移の激しい痛みなんです。

「前立腺がんになる」ためには

三谷　前立腺がんにならないためには、どうすればいいんですか？

頴川　未然に防ぐ方法はないんですよ。ですから、早期診断しかないんです。もちろん、絶対的な治療法、これで決まり！　というものを我々は日々開発すべく努力しているんですが。

三谷　では、ちょっと逆説的な質問になりますけど、前立腺がんになるためには何をすればいいんですか？

頴川　うーん、前立腺がんになるためですか。もともと前立腺がんは白人に多く、アジア人には少ないとされているんですが、有力な原因のひとつと言われているのは食生活です。動物性脂肪の多い欧米型の食事が原因ではないかと。最近では喫煙習慣や、食べ過ぎや運動不足からくる肥満なども前立腺がんにかかりやすくなる原因という報告があります。

三谷　それってどの病気にもいえそうですね。

頴川　そうなんですよ。ですから、前立腺がんになるために何をしたらいいかと聞かれたら、毎日、動物性脂肪たっぷりの食事、たとえば毎日ステーキを食べてくださいということなんでしょうけど。ほかにも飲酒習慣や日照時間の関係など、いろいろな理屈はありますが、実際の証明は難しいんです。ただ、太っている方のほうががんにかかりやすいですし、がんの悪性度も高いというデータはあります。肥満が前立腺がんだけでなく、あらゆる病気にとってマイナスなことは、皆さんもイメージできるかと思います。

三谷　僕の父親は、僕が10歳のときに食道がんで他界したんですけど、それとの関係性、たとえば遺伝みたいなものって、前立腺がんに関してはあるんでしょうか。

頴川　一応、あるといわれてます。たとえばお父さんあるいは兄弟など、１～２

親等の方で前立腺がんになった方がひとりでもいれば、前立腺がんになる可能性が2倍になるとされています。ただ、この数字の取り方ですが、今10万人にだいたい150人くらいが前立腺がんにかかるんですが、その2倍として10万人のうちの300人。この数字をどうとらえるかですよね。大変だと思うか、そんなもんかと思うか。私は、遺伝という側面だけで決めつけるのは危険だと思っています。ですが、ご自身に近い方が病気になったというのは、健康に目を向けるきっかけにはなりますよね。健康や検査への意識が高くなり、予見の可能性が向上する。ポジティブにとらえていただければ。

三谷　親ががんだったら、自分もある程度はがんを意識しますもんね。

医者と人間ドック

頴川　三谷さんは、これまで健康面で特に気をつけてらっしゃることはあったんですか。

三谷　自信持って言えますが、特に何も（笑）。

頴川　健康診断程度？

三谷　そうですね、定期的に人間ドックに行くくらいです。健康に関心がなかったというか、そっち方面はすべて妻にお任せだったですね。ただ、お酒は全然飲まないです。これは昔から。睡眠時間は不規則で、運動はたまにジムに行くぐらい。犬を飼っているので、犬の散歩は毎日。

頴川　人間ドックの結果は毎年、どうでしたか。

三谷　脂肪肝ばっかり言われていましたが、とりたてて再検査項目はなかったような。先生は、人間ドックは行かれるんですか？

頴川　はい、毎年。

三谷　医者だと身分を明かして行かれるんですか。

頴川　いや、特に職業などは言いません。でも、変な話、いつもは自分が検査する側なので、胃カメラにしてもターッとみて「はい、大丈夫です」とかね、ああこれは急いでいるな、とわかってしまうんですよ（笑）。人間ドックはたくさんの人数をこなさなきゃいけないので、時間との闘いです。気持ちはよーくわかるんですが。

三谷　あとで自分でもう一度見直したりはしませんか（笑）。

頴川　それはないですが、人間ドックを受けているからといって安心してはいけないなと思います。そんなことはないと言いたいところですが、何千人と見ている中で、どうしたって見逃しはあり得ると思いますし。じゃあどうすればいいのかというと、ひとつは、検査の回数を増やすことです。1年に1回でなく、2、3回。といっても時間的にも経済的にも難しい方もいらっしゃるでしょう。そういう場合は、検査をする場所を変えてみるのも手です。私は、ときどき検査する場所をあえて変えて、所見の部分を見比べたりします。いずれにせよ、人間ドックは絶対的、100%確実なものではないということです。これ、人間ドックの方に叱られそうですけど（笑）。

がんになったことはプラスしかない

三谷　こう言ったら誤解を招くかもしれませんが、あらためて振り返ると、僕にとって前立腺がんになったことはプラスしかないんですよね。痛くもなく、5年経った今でも体に変化もない。むしろ、自分の健康に真剣に向き合うようになりました。先生とも出会えたし……。いいことしかない気がしているんです。

頴川　今、統計を見ると、2人に1人ががんになる時代です。50％ですよ。ですから、もちろん病気をしないことが一番ですが、病気をしたとしても早く見つけて早く治すこと。前立腺がんについては、「PSA検査をうけよう」。これに尽きます。

三谷　今まで将来のこともそんなにきちんと考えなかったんですが、そういう意味でも意識が変わりました。

纐川　お子様もいらっしゃいますしね。

三谷　それはほんとにそうです。特に僕は子供がまだ1歳というときにがんが発覚したので。よりいっそう健康でいなきゃ、という思いが強くなりました。あと、何かあったときのために、やっぱりお金を残しておかなきゃいけない、とも。これまで考えたことなかったんですよね。妻からの健康チェックも厳しくなりました。

纐川　どんなふうに？

三谷　人間ドックの担当の先生がすごく怖い方で、数値をみて「このままだと息子さんの成人式に出られませんよ」って。すごいことを言うなと思ったんですが、「とにかくモズクを食べろ」とすすめられて。海藻って体にいいんですかね？

纐川　いいとは思いますけど……。

三谷　それ以来、毎日モズクを食べています。妻からも強く言われて。

頴川　その先生のご実家がモズクやさんだったりして（笑）。

働きざかりで、がん

三谷　僕が前立腺がんになった直後にそのことを話したのは、妻と事務所の社長と、「真田丸」のプロデューサーだけ。その後、俳優の市村正親さんにも話しました。市村さんは、僕が先生と出会うきっかけとなったドラマ「おやじの背中」に主演予定だったんですが、初期の胃がんが発覚して降板されて。そのこともあって、お伝えしたんですよね。そしたらお見舞いに来てくださって。

頴川　病室がかなり盛り上がったそうで。

三谷　偶然にも僕を担当してくださった看護師さんが市村さんも担当されたとかで。

頴川　市村さんがいると病室が明るくなるらしいですね。

三谷　そうそう、ワーッと。それで、そのときに話したんですが、僕と市村さんではがんになった年齢は違うけれど、お互い働きざかりで、子供が小さかったじゃないですか。だからやっぱりいろいろメンタルにきますよね、って。

頴川　子供の学費とか将来とか、抱えるものが社会的にもいっぱいありますよね。

三谷　だから、人生設計が変わるというか。

頴川　がん年齢、というものがあります。40歳~60歳。中年から少し上ったあたりです。階段でいうと、そこに必ず段差がありますよ、ということです。自分の体は自分ひとりのものじゃないと意識を高くもって、特にその時期を大事に過ごしていただきたいと思っています。もちろん何歳だったらいい、ということではないですけれども。

肉体だけが衰えていく

三谷　つくづく思うんです。年齢を重ねるにつれ、仕事に関しては経験値も上がって、絶対に昔よりはいいものができていると思うし、なおかつ、いいものができる環境に身を置けるようになるじゃないですか。そんなふうに、すごくいい方向に向かっているのに、肉体だけが衰えていくのがせつないというか、もったいないというか、悔しいというか。人間に生まれた以上、仕方ないんでしょうけど。映画「ベンジャミン・バトン」みたいに、老人で生まれてきて徐々に若返って死ぬのがいいなって。たぶん、ある程度歳を重ねた人はみんなそう思っているんじゃないのかな。

頴川　ちょっと逆説的でもありますが、ある意味、アルツハイマーはそういうものだ、という人もいます。

三谷　どういうことですか？

頴川　アルツハイマーは、積み重ねてきたものがどんどんわからなくなっていきますよね。それはつまり、幕引きに対する不安を自分で取り除いている、という。

三谷　そうか、いい話だなあ。

顯川　必ずしもその意見に賛成ではないですが、最後はどんどん子供にかえっていって衰えていく自分すら忘れるわけですから、そのほうが幸せなのかもしれないと。

イヤなのは、毎年2回の定期検査

三谷　今は、特に何の不安もないんですが、毎回年2回、血液検査を受ける日の朝は何かイヤな感じがいつもあります。たぶんがん経験者は皆さんそうですよね?

顯川　定期検査に戻ってこられる方は皆さん、口をそろえて言われます。「前の日からちょっと心配になって」と。これは何年経っても同じなんですよね。人間ドックを受けるのと違って、病気をしたというのがありますから。

三谷　ちょっとずつ、数値の変動はあるんですよね。それはもう誤差の範囲だと先生はおっしゃるんですけど、やっぱり気になる。

頴川　大丈夫だった、今回も安心できたって、それの繰り返しですからね。そういうものなんだろう、と思うしかないですね。手術後の1年は3か月おきで、1年目が過ぎたら半年おきにチェック。

三谷　次は、1年おきとかになっていくんですか？

頴川　いや、やっぱり年2回というのが、スタンダードですね。

三谷　それがいいかも。逆に怖いです、次は1年後、とか言われちゃうと。前にも話しましたけど、たとえば10年経ったとしても、もう来なくていいとは言われたくない（笑）。

頴川　10年過ぎてもお越しください。どこかは傷んできますから。定期的にメンテナンスすることが大切です。

第5章

頴川先生について

なぜ泌尿器科を選んだか

三谷　先生はなぜ、泌尿器科医を選ばれたんですか。

頴川　学生にもよく聞かれますが、実はものすごい信念をもって泌尿器科を選んだわけではないんです。私の場合、卒業までにどの科を専門にするのかを決めるために、5年生後半から6年生にかけて臨床実習がありました。2週間ずつ、実際の臨床の現場に行って見学をするんですが、最初に私が行ったのが消化器外科でした。胃がんなどを担当する外科です。当時、食道の病気、特にがんで有名な教授がいらして、手術の見学も多く、助手の方たちも活気があって、外科もいいな、と。

三谷　手術をバリバリするイメージ。ちょっとかっこいいですね。

頴川　おまけに「お前、うちにこいよ」なんて先輩たちに誘われて、とっぽい学生だった私はそれがうれしくて。その手術チームの中に若い医師がいて、今思うと彼は一番下でお手伝いになったばかりなんですが、そんなに年齢も離れていないので毎日話し相手になってくれたんです。

三谷　その若い先生も後輩ができてうれしかったんでしょうね。

潁川　2週間の間、毎朝「おはようございます」と医局の部屋に入ると、ソファからむくっとその医師が起き上がってくるんですが、日を追うごとに顔色が悪くなっていくんです。

三谷　ずっと医局に寝泊まりしているということですか？

潁川　そうです。顔のむくみもひどいし、ひょっとしてここに入ったら、このソファが自分のベッドになるのかもと気づいて。これはちょっと危険かな、と。それで、次の臨床実習は、精神科に行きました。抱いていたイメージと違って意外とイージーで、実習の間の講義もわりと適当。今では考えられませんが「ちょっとテニスコートに行かなきゃいけない。実習済の判子を押すから、今日の講義は解散」なんて先生もいて、これはラクだ、精神科もいいなと思ったんです（笑）。

三谷 それは確かにイージーだな（笑）。

頴川 精神科では、大学病院の重症者病棟で、実際に患者さんに触れ合う実習があったんですが、話しているだけだと全然特別な感じがしない。何でもないように感じたんです。

三谷 入院されている方ということですか？

頴川 はい。実習では毎日、数人の患者さんと1時間くらいお話しするんですが、実習が終わる2週間目の早朝にちょっとうなされたんです。不思議なことに、だんだんとこう、傾《かし》いでいくような感覚で……。

三谷 別の世界に取り込まれるような？

頴川 そうかもしれません。それで精神科というのはやはりものすごく大変だ、半端な心構えではできないとわかって、進路希望リストの下のほうにいってしまいました。そうこうするうちに夏休みになり、どうしようかと思っていたらコオロギが鳴きだした。

三谷　秋になったわけですね。

頴川　たぶん10月の初めごろだと思いますが、たまたまテレビをつけたらＮＨＫのドキュメンタリー番組をやっていて、腎移植の現場を取り上げていたんです。ほの暗い廊下をサーッと、手術室に向かってストレッチャーが走っていく。その周りには白衣を靡《なび》かせた医師たちの颯爽とした姿があって。その映像があまりにもかっこよくて「これだ！」と。

三谷　先生、意外とミーハーなんですよね（笑）。

頴川　ええ（笑）。その番組の舞台が北里大学で、腎移植は泌尿器科の守備範囲ですから、北里大学の泌尿器科にお世話になることにしました。今思うとお恥ずかしいですが、それが泌尿器科を選んだほんとの理由です。

内科頭と外科頭

三谷　素朴な疑問ですが、医師になるために医大に入ったときに、どのジャンルに進むのか、皆さん決めていないんですか。

頴川　よほどの決意がない限り、ほとんどの学生は決めていないと思います。入学したてなんて18、19歳でしょう。その歳で自分がどの専門が向いているかなんて、わからないですよ。卒業までストレートで6年。その間に授業や実習で総当たりして、どこにいくか決めるわけです。

三谷　そもそも、なぜ、医者を目指したんですか？

頴川　単純に、父親が内科の医者だったんです。ただ、家業を継ぐという感覚ではなくて、物心ついたときにはなんとなく医者になるんだという感じです。父は慈恵医大の卒業生ですが、何か思うところがあったのでしょう、大学卒業後すぐに岩手の山あいの診療所に赴任しました。その後、一家で静岡に転居する直前には、北上から11キロ奥に入った口内《くちない》町の診療所に勤務していました。当時を推察するに、26歳の青年医師であった父はそれなりに大きな決断をしたんだと思います。相当長く岩手にいまして、私が卒業した大学も岩手医科大学です。

三谷　お父様は内科ですが、内科への興味はなかったんですか。

潁川　大まかにですが、内科頭《あたま》、外科頭というのがあって。

三谷　文系、理系みたいなもの？

潁川　まあ、そうですね。内科頭は、我慢して辛抱強く収穫を待つみたいなイメージで、なんというか、薬の処方や診断など、チマチマとじっくり考える緻密なタイプ。一方、外科頭は、右から左にものを動かすことや、体を動かすことが好きなアバウトなタイプ。考えるより行動するというイメージです。これはあくまで私のことなんですが（笑）。

三谷　意外です、先生はじっくり考える緻密タイプかと。

頴川　いや、せっかちですよ。クイズの答えは早く知りたいし……。
三谷　推理小説も犯人が知りたくて後ろから読むタイプですか。
頴川　はい（笑）。テレビで推理ものを見ていても、家内に「で、誰が犯人なんだ？」とまず聞きます。
三谷　脚本家としては納得いかない部分はありますけど。
頴川　とにかく自分は、性格的に内科には向かないな、と思っていましたね。

麻酔科医と諸葛孔明

三谷　もし医者になれるんなら、僕は麻酔科医がいいな。勝手なイメージですけど、手術の際、端っこにいるんだけども実は一番力をもってるみたいな……。憧れます。
頴川　確かに、ドラマ「ドクターX」でも麻酔科の先生が切り盛りしていますね。

三谷　手術の続行なども、麻酔科医の人が決めたりしますよね？

頴川　確かに、麻酔科医が「ストップ」ということはあります。それにしても、三谷さんの憧れが麻酔科医とは意外でした。

三谷　実は以前、医者のドラマを書いたときに麻酔科医について調べたんです。もともと三国志でいえば諸葛孔明が好きで、麻酔科医と孔明はちょっと重なるところがあって。縁の下の力持ち的な立ち位置がかっこいいなと。

頴川　なるほど、派手ではないですよね。

三谷　さりげなく横にいて、でしゃばらないけれどみんなから信頼されているというポジションがいいですよね。

頴川　麻酔科医はすごくテクニカルな領域で、普通の手術の麻酔だと差はあまり出ませんが、難しい心臓の手術では、技術の差が一目瞭然です。技量をもっている麻酔科医はかっこいいですし、それこそひっぱりだこです。

医者のモチベーション

三谷　麻酔科医になろうと思ったことはないんですか。

顯川　これは聞いた話ですが、麻酔科医ならではの悲哀というものがありまして。まず、おっしゃるとおり、縁の下の力持ち的なポジションです。よって、ものすごく下手な人が手術をしていると、時間がかかるじゃないですか。その長い手術に、ずっと付き合わなきゃいけない。本心は、早く麻酔を醒まして帰りたいわけですよ。いつまでやってんだ、と。

三谷　せっかちな先生には向かないということですね。

顯川　それから、医者というのは基本的に何がモチベーションになっているかというと患者さんの「ありがとうございます」というひと言だと思うんです。その言葉に、すべてが報われるというか、医療者としての喜びが集約しています。麻酔科医だとどうしても患者さんとの触れ合いが少なく、その手ごたえが得られにくいと思っていて。

三谷　納得しました。今から僕が麻酔科医になることはできるんでしょうか。

頴川　もちろん。

三谷　勉強すれば。

頴川　もちろんですよ。

三谷　自信はあるんですよ。

頴川　まず医大に合格して、6年間大学に通って、医師の国家試験を受けていただいて。

三谷　……できるかな。

頴川　皆さんびっくりするでしょうね、三谷さんが麻酔科医に華麗に転身。

三谷　でもなぁ、逆に自分が患者で、オペ室に入って僕がいたらイヤかもしれない。この人に託して大丈夫かなって。

頴川　大丈夫（笑）。ひげを生やせば、宮崎駿さん風の超ベテラン麻酔科医ですよ。

患者さんの痛み苦しむ姿

三谷　ちょっと話がそれてしまいましたが、頴川先生は腎臓移植に憧れて泌尿器科を選ばれたわけでしょう？　なのになぜ、前立腺がん治療の第一人者に？

頴川　実は、北里大学医学部泌尿器科に入局した1981年3月、最初に受け持った患者さんが、前立腺がん末期の方でした。すでに骨に転移していて、当時は今のように麻薬成分の入った貼り薬や飲み薬はなく、普通の痛み止めの注射しかなくて、効き目がきれたら「注射してくれ！」という悲痛な声が廊下まで漏れるんですよ。

三谷　前立腺がんの怖さは、骨転移の痛みですものね。

穎川　当時、80年代前半は、外来に来られた前立腺がんの患者さんの少なくとも半数がすでに転移のある方でした。まだＰＳＡ検査もありませんでしたから、気づいたときにはがんは進行、転移していると手術は不可能でした。ホルモン治療をやって、それが効かなくなると余命1年くらい。何より、患者さんの痛み苦しむ姿が鮮烈で……。

三谷　当時は日本に前立腺がんはない、といわれていたんですよね。

穎川　それはお師匠さんの時代の話ですが。それで、腎臓移植を専門でやりたいと思って入局した泌尿器科でしたが、実際に現場にいると、移植自体が難しい現実を痛感しました。当時は脳死判定による臓器移植の法律ができる前で、自分たちで腎臓提供者を探すところから始めないといけません。腎移植を待っている患者さんがいるのに腎臓がないというジレンマを抱えていました。そんなとき、アメリカ留学の話があって。１９８８年、ヒューストンのベイラー医科大学に行ったんですが、そこで私が師事したのがピーター・Ｔ・スカルディーノ教授でした。

前立腺がんの世界的権威で、3年半、彼のもとで最先端の前立腺がん研究、臨床の現場を体験しました。今思えば、最初に受け持ったのが末期の前立腺がん患者だったことも、何か運命だったのかもしれません。

三谷　本当に。以来、前立腺がんひと筋30年ですからね。

頴川　当時に比べたら、医学界はものすごく進歩しています。前立腺がんにおいては、初めて摘出手術が行われたのが1904年、神経を温存する前立腺全摘手術が行われたのは1982年。まだまだ解明されていない部分がある前立腺ですが、さまざまな治療法の研究が進んでいます。

生まれ変わっても、やっぱり泌尿器科？

三谷　もし、大学6年生に戻って、もう一度選べるとしても、やはり泌尿器科、そして前立腺がんの道に進みますか？

頴川　どうでしょう。なんともいえませんね。理想と現実は違いますし、やりたいこととやれることも違う。そのとき選んだ道を信じて突き進むしかないと思います。ただ、医者になってなかったらほかにどんな仕事ができただろう？　とはときどき思います。少なくとも脚本家にはなれなかったですね。

三谷　だったら、何になってます？

頴川　わからないですね。私の性格上、まずサラリーマンは無理でしょうし……。すぐクビでしょう。

三谷　演出家的視点からみると、裁判官とか向いている気がします。冷静にジャッジしてくれそう。弁護士や検察官は、ガーッと言い合うイメージがあるので、先生はちょっと違うかな。裁判官ならきちんと、正しい方向に導いてくれる感じがすごくします。

頴川　三谷さんが配役すると、私は裁判官ってことですね。そのときはぜひその役でお願いします（笑）。

三谷 もうひとつ、浮かびました。国際線のパイロット。制服絶対似合いますよ。

顯川 どんな役でもやらせていただきます。

手術のストレス

三谷 先生は今、週に何回ぐらい手術を担当されていますか？

顯川 一番やっていたころでいうと、週5件ぐらいでしょうか。

三谷 ほぼ毎日ですね。1日1件。

顯川 今はもっと減りましたが、そういう時期もありました。

三谷 手術は、どれぐらいストレスになるものですか？ 前日眠れなくなるとか。

顯川 あります、あります。ただ、若いころと今とでは、感じるストレスが全然違うように思います。駆け出しのころは技量もないですし、背伸びしてとにかく経験と知識を積み上げていかなきゃいけない。難しい手術の前日はずっと頭の中で手術のシミュレーションをしていました。

三谷　ドラマのように、ありとあらゆるシチュエーションを想定して。

顯川　そうです。ですからそれはもう、大きな不安とストレスですよね。眠れない。ところが、アメリカでの留学を終えて戻ってきたら、度胸がついたというか、だんだん不安がなくなってきて、気持ちが安定してくるんですよね。まぁ、向こうでかなり揉まれたということもあるんでしょうけど。

三谷　最前線の現場ですしね。

顯川　医者になりたてのころ、尊敬する外科の医師がいたんです。ああいうふうになれたらいいなと憧れる、自分にとっての直近モデルのような方で、彼が「どんなに慣れた手術でも、前日に必ず手術書に目を通さなきゃダメだよ、自分はずっとやっている」と言っていたんです。以来ずっと、目を通した手術書の中身を頭の中でしつこく何度も思い浮かべることを実践しています。で、手術が終わった後に、反省や気づきを書き出しておく。そうすると世界でひとつの自分だけの手術書ができるわけです。

三谷　僕の仕事環境でいうと、逆に台本を読み込んでシミュレーションをしすぎた俳優さんが、撮影現場に来てみたら思っていたセットと違うとか、相手の俳優さんが自分の思ってた通りにしゃべってくれないとかでパニックになるパターンもあります。先生は、そういうことはないですか？

頴川　ないですね。すべて想定内といえるくらいシミュレーションしていましたから。ただ、立場が変わった今は、部下もいますし、あらゆるシチュエーションですべて自分がやる、というのが美学だった若いころと比べると、もっと俯瞰《ふかん》した視点で考えられるようになりました。それに、手術がすべてではなくて、終わった後に何かが起こらないようにあらゆる面で確認をしなければいけません。患者さんが元気に退院されるまで、そしてその後もずっとチェックは続く。そういう意味ではずっしりとした仕事だな、と思いますね。

脚本家は命にかかわることはない

三谷　あらためて、脚本家の仕事はなんて甘い仕事なんだろうとつくづく思います。どんなにひどい作品をつくったところで、誰かの命にかかわることはないですから。気楽です、命を預かるお医者さんや消防士さんなんかに比べたら。

頴川　そのお仕事ならではのご心労はあるはずです。たとえば興行的なものとか。

三谷　幸い僕はプロデューサーの立場にはなったことがなくて、自分のお金を出してやってないせいか、それは気にならないですね。もちろん、よりたくさんの人には観てほしいけど。

頴川　作品の評価は気にされますか？

三谷　たとえばドラマの視聴率を評価とするんでしたら、気にはします。やっぱり視聴率が低いと士気が下がるし、現場がほんとに暗くなっちゃいますから。そういう意味では数字は高いにこしたことはないけど。でも、あんまりそういうのに、僕自身が左右されないようにしています。

頴川　私からしてみれば、表現する仕事はすごいと思いますし、素晴らしいと思います。人間ってやっぱり、表現する生き物だと思うから。

三谷　一本ぐらい、脚本を書いてみるというのは？　僕がまったく経験したことがないことをたくさん経験されていますから。先生にしか書けない話、絶対あると思うんですよね。

頴川　書けない話はいっぱいあります（笑）。

三谷　先生ご自身を主人公にしたドラマを、もし僕がつくるとしたら、キャスティングは誰がいいとかありますか？　ご自分の役。

頴川　どうなんでしょう……。想像がつきませんが。

三谷　中井貴一さんかな。佐藤浩市さんではない気がします。顔が怖すぎる。

頴川　そんなに怖いでしょうか……（笑）。

手術後の切り替え

三谷　手術を終えてから日常に戻るまでには、どれくらいかかるものですか？

頴川　基本的には、手術中も日常も変わりませんよ。しいていうなら、自分の携帯電話を見たときに、やっとホッとするというか、気持ちが切り替わるかな。

三谷　僕の手術のときも？　ということは、僕のあの長いメールで切り替わった？

頴川　いや、手術が終わって自室に戻ると、ほかにもやらなくちゃいけないことが山積みで。机の上に大量の書類が乗っかっていますから、それを全部処理して……。

三谷　事務的な仕事があるんですね。

頴川　はい。そういうのを処理するほか、病棟の見回りもあるし訪問者の方々もおられるし。

三谷　てっきり、手術後は夕日を眺めながらコーヒーでも飲んで、今日も頑張った……みたいな感じかと思っていました。

頴川　かっこいいですね、それは。でも現実はバッタバタです。

三谷　「今日の手術は楽しかったな」というときはあるんですか？

頴川　楽しかったという感想とはちょっと違いますが、達成感はあります。私が担当した手術の最長は13時間30分なんですが、手術中ってアドレナリンが出ているのか、ずっと立ちっぱなしでもまったく苦痛ではないんですよ。というか気にならない。ただ、終わった後の疲労感はものすごいですけど。

三谷　休憩もせず、ずっと集中して？

頴川　休憩もしないですね。ほんとはそれじゃいけないんですが。当然疲れちゃうし、ずっと集中し続けられるわけはないし。でもその13時間30分のときはそのまま突っ走りました。終わった後は、クラッとよろけましたね、さすがに。

手術室でのルーティン

三谷　先生は手術中や手術前など、験担《げんかつ》ぎというか、ルーティンのようなものはあるんですか？

頴川　勝負下着みたいな？

三谷　ええ。手術の日の朝はカレーを食べるとか、ネクタイの色はこれとか、必ず左足から靴下を履くとか。

頴川　ないですね。

三谷　そういうものなんですね。

頴川　手術を終えた後「ドクターX」の大門先生が、患者さんの肩にすっと手を当ててから手術室を出ますけど、そういうようなことは、実はあります。すごく大変な手術をしたときに、気持ちの中で命を吹き込むみたいなことをちょこっとやっています。

三谷　どんなふうに？

頴川　あくまで、気持ちだけ、ですよ。手を当てたりはしないですが、ようは「治れ」というふうなことを……。

三谷　念じるんですか？

頴川　はい。ただ、念じたからといって、何のあれもないですよ。ただ、そういう気持ちを、術直後に込めるんです。「治れ」と。気功みたいな感じでしょうか。この話、誰にもしたことがないから、関係者はそんなことやってたんだ、と驚くかもしれません。

三谷　僕のときもやってくれました？

頴川　三谷さんのときは「これは絶対治せる」と思っていたので……。

三谷　やる必要もなかった？　念を込めるほどのことではなかったということですか、なんか寂しいな。

潁川　ちゃんとやりましたよ（笑）。自分にとってのおまじないみたいなものです。

医者も働き方改革の時代

三谷　先ほど、最長13時間ぶっつづけの手術の話がありましたが、ご自身は体調を崩せないし、体力もキープしなきゃいけないし、お医者さんというのは、日ごろからかなり自分を律しなきゃいけない仕事ですよね。

潁川　そうですね。ただ、今、医者も働き方改革の時代です。自分の若いころは体力勝負、徹夜でもなんでもござれで、いかに寝ないで働くかが美徳、という価値観を引きずっていましたが、今はまったく違いますよね。当時は朝7時から採血してまわって、夜もずっと先輩とだべりながら帰れないわけですよ。何か起こるかもしれないという前提で。明け方3時ぐらいになってやっと、机の上に突っ伏して寝る。そんな日々でした。

三谷　テレビの現場も似たようなものみたいです。

頴川　今はもっと、仕事とプライベートをはっきり区別して、労働時間も規則にのっとって残業もなし。海外はもっとそのへんはシビアです。ただ内心、これで大丈夫なのか？　と思うときもあります。医者のトレーニングはどうなるんだ？と。僕ら世代が夜中もずっと残っていたのは、何かあったとき、自分が経験を積むチャンスが巡ってくるんじゃないかという思いもあったんですよね。先輩とのおしゃべりも、雑談の中に知識やヒントが詰まっているわけで。今、若い医師たちは定時で帰った後、何かを習得するための努力をしているのかな、と老婆心ながら思います。古い世代の考え方でしょうけれど。

ヒゲダンとＹＯＡＳＯＢＩ

三谷　先生は今、泌尿器科の主任教授兼診療部長として、スタッフを束ねる、管理職の立場なんですよね。

頴川　そうです。慈恵の泌尿器科には今、96人の医師やスタッフがいますが、最終責任はすべて私のところにきます。大変ではありますが、年齢的にも当たり前といえば当たり前ですね。三谷さんが、年齢を重ねてできることは増えるのに体力が低下するのがせつない、とおっしゃっていましたが、逆にいうと、私のように大学病院にいると、若くて優秀な人が毎年たくさん入ってきますから、年齢を重ねて衰えた部分は若い人に任せて、これまでの経験でもって彼らをフォローする立場になるのは理にかなっているなと思います。

三谷　組織の強みですね。

頴川　新しい人が入ってきて、どんどん循環させることで、私自身、若くいられるというのはありますね。ただ、手術中にひと昔前の曲をかけたら若い人たちは誰ひとりとして知らなかったり、冗談を言ってみたら「それ、父が言っていました」とか言われて愕然とすることはありますが（笑）。

三谷　若い先生は、ヒゲダンとかＹＯＡＳＯＢＩとかの曲をかけるのかな。

頴川　さっぱりわかりません。今流行りはこの歌かと思いながら聴いていますCOMMA（笑）。

オペのピークと脚本家のピーク

三谷　オペに関していうと、技術面での一番のピークはおいくつぐらいのときなんでしょうか。

頴川　一瞬ですが、自分は何でもできると思う時期があるんですよね。そこをピークだとするなら40～45歳でしょうか。その道のプロフェッショナルになるには1万時間かかるという説がありますが、医者の場合、1日10時間、年２５０日稼働として10×２５０＝２５００時間／年。それを何年積むのか。1万時間では到底足りません。

三谷　なるほど。

頴川　テクニックだけをマスターするというのはそんなにかからないのかもしれませんが、いろいろな意味での人生経験が不可欠だと思っています。我々は、早くて24歳で医者になります。70歳の方が来られて、男性機能についてのお話をするとします。医者としての知識はあったとしても、24歳が語る男性機能の話を、70歳の人が納得して受けいれられるかどうか。

三谷　確かに、キラキラした若者から、老いゆく身に対して、男性の尊厳ともいうべき男性機能の話をされても素直に聞けないかもしれない。

頴川　ましてや手術を受けられるというような状況、命がかかってくる場面では、特に。それと、先ほど技術をマスターするのにはそんなに時間はかからないと言いましたが、単に「ピアノが弾けます」と、「アルゲリッチのようにピアノが弾けます」とは違いますよね。

三谷　ゴルフができますと、タイガー・ウッズみたいなゴルフができます、との違い。

潁川　その幅って、ものすごいじゃないですか。そういうことも込みにして、プロフェッショナルというには最低10年はかかるだろうと。ですから、10年を単純計算して、1万時間を当てはめると、とても追い付かない時間になるんですよね。例の1万時間説は、おそらく「仕事に慣れる」という意味もあると思うんですが、今携っている仕事においては1万時間では到底足りないと思っています。

三谷　わかります。

潁川　ピークというのはいろいろな見方があって、テクニカルな面、スキルというのは、一度得たものはそう簡単には衰えません。技術に経験が加わってさらに続いていきます。けれども、若いときのように新しいものへの貪欲な気持ちやチャレンジ精神みたいなものには、やはりピークがあるように思います。だんだん億劫さが勝ってくるといいますか。

三谷　それを自覚されて、自身が技術のピークを過ぎたと感じたとき、どういう心持ちで仕事に向き合ったんですか。

頴川　大学病院なので、いつまでも自分がトップをはっているだけではダメなんですね。誰にどうやって分り振っていくのかを考えないと。自分の腕を磨き続けることもできなくはないですが、スーパーマンがひとりだけ、あとはその他大勢、というのはできることに限界があります。どんなスーパーマンでも、24時間365日対応することはできないですから。キーワードとしてはチーム医療というのがあるんですけれども、それをどうやってつくっていくかが今の私の仕事です。

三谷　医師としての技術を磨くだけでなく、チームとしての在り方を考えて組織を整えていくのが先生のキャリアでもあるっていうことですよね。

頴川　医療の世界は常に進化しています。これまでと同じことをやっていても時代に取り残されます。若くて優秀な人に、私のピーク時の技術だけを伝えても、確かにうまくはなるけれど、その技術はもう古くなっています。広く世界に目を向けて、誰にどう新しい技術を習得してもらうか。それが最終的には集団の力になります。

三谷　それでいくと、脚本家のピークってないのかもしれません。20代で書けるもの、30代で書けるもの、40代、50代とそれぞれ違うんですよね。もちろん、やっぱり20代30代のころに書いていたようなものは今は書けません。勢いやスピード感があって、ガーッといっちゃうようなもの。徹夜で一気に書いていましたから、その空気がそのまま乗り移っているんでしょうけど。今は徹夜は無理だから、そういう意味ではピークを過ぎているというのかもしれませんが、今、60歳の僕しか書けないものは当然出てくるわけで。その歳、その年代に書けるものを書くという面白さはあります。

頴川　三谷さんの仕事は、人間を描く、表現する仕事ですから、その年代ならではの〝味〟というものがありますよね。そういう意味では、医者にもピークはないのかな。フィギュアスケートで技術点と芸術点があるように、技術点ではある意味ピークを迎えてしまっても、芸術点、医者でいうなら人間力のようなものはいくつになっても磨いていけます。むしろ年齢を重ねたほうが味になる。

先生のひげ

三谷　くだらないことを聞いていいですか。

頴川　どうぞ。

三谷　先生のひげ、違う形に生やされたことはないんですか？

頴川　この形ばっかりです（笑）。

三谷　いつぐらいから生やしてらっしゃるんですか？

頴川　アメリカに留学したときからです。向こうでみんなに言われたんですよ、そのままだとお前、ビール飲めないぞって。

三谷　日本人は若く見えるから。

頴川　まさに。それでひげを生やそうと。

三谷　僕は入院中に初めてひげを生やしましたが、手入れがすごく面倒ですよね。同じ形にとどめておくのが大変。だからもうやらない（笑）。

頴川　宮崎駿さん風のひげですよね。

三谷　宮崎さん風のときはワイルドに伸ばせばよかったんですが、いろんな形のひげを試したくて、少しずつ剃りながら最後はちょびひげにしたんです。先生と同じ状態の時期もありましたが、とにかく手入れがものすごく面倒くさかった。先生は、ご自分で整えてるんですか？　勝手にその形にはならないでしょう？

頴川　プロに整えてもらうときもありますよ。

三谷　ほっとくと、どんどん勝手に伸びてきますもんね。

頴川　そうですね。ひげは一回生やすと、剃《そ》れなくなりますね。剃ると間が抜けた感じがして。

三谷　剃ったことないんですか？

潁川　１回だけあるんですが、やっぱり生やしちゃいますね。三谷さんは、どれくらいの期間、ひげ生活だったんですか？

三谷　半年くらいです。面倒でしたが、いろいろ楽しみました。ひげを生やして歩いていて、街でひげの方に会うと「お互い頑張ろうな」みたいにアイコンタクトしたり（笑）。

潁川　そうそう、親近感あるんですよね。インドに行ったときは、とても歓迎されました。インドの方はひげを生やしている人が多くて、生やしてないほうがおかしいと思うらしくて。

三谷　心を開いてくれる。

潁川　はい。褒められましたね、「それ、いいひげだ」って（笑）。

第6章

がんとの未来

2人に1人はがん

三谷　今、日本人の2人に1人はがんにかかって、そのうち3人に1人が亡くなっているらしいけど、これは、昔よりもがんにかかる人自体が増えているということですか。それとも、前立腺がんみたいに昔はなかった検査が普及して、見つけることが可能になったからですか。

頴川　両方ですが、実際にがんにかかる人は増えています。

三谷　そうか、増えているんだ。

頴川　はい。もうひとつは、前立腺がんの増加の説明の際にお話ししましたが、高齢人口が増えているからです。歳をとればそれだけ細胞の変異は起こりやすくなりますし、長寿病といわれる前立腺がんのように、患者さんの平均年齢が72歳となれば、長く生きれば生きるだけがんにかかる確率は高くなります。昔ならがんになる前に寿命を迎えていたのに、今は寿命がのびた分、病気にかかりやすいというわけです。

三谷　そもそもがんとは、先生のお話を聞いてわかったことですが、細胞の再生のリズムが崩れた結果起きる、細胞の突然変異のようなもの。で、それが悪さをすると。それは理解できるんですが、結局、がんの何がいけないんですか。

頴川　たとえば、前立腺の普通の細胞が再生するのに2年かかるとします。ところががんの再生はたった3日だとする。となると、がんは細胞を増やすために栄養をどんどん吸収します。当然、それ以外の健康なところの栄養を吸い取られてしまうので、体は全体として弱ってしまう。それだけでなく、がんは制御が利かない細胞たちですから、ある大きさになると四方八方に線香花火みたいに散って今いる場所から出ていってしまいます。そして、出先でまた増えだす。つまり、宿主である人間の体にダメージを与え続け、最終的に宿主が耐えきれなくなって命を落としてしまう。それががんです。

三谷　永遠に増え続けるんですか、取ってしまわない限り。

頴川　そうです。

がん治療の今と未来

三谷　前立腺がんに限らず、がん治療の未来は、どんな感じなんでしょうか。

頴川　目指すところは、やはり「慢性疾患」です。前立腺がんになることを予防できなくても、がんになってしまった後、がんと共存しながら寿命をまっとうすることができる未来。つまり慢性疾患にすることがひとつのテーマだと思っています。もちろんがんにならないことが一番いいんですが、人間、年齢を重ねるとやはりどこかにガタはきますから。

三谷　がんになっても怖くないぞ、と。

頴川　最近では、遺伝子について、さまざまなことがわかってきています。21世紀になってひとつの大きな転機となったのが「修復遺伝子変異の発見」です。

三谷　修復遺伝子ってＤＮＡが傷ついたときに、それを治す遺伝子でしたよね。

頴川　そうです。修復遺伝子の中にＢＲＣＡというのがあります。最近ブラカと発音する人が多いんですが、以前はバーカと呼んでいました（笑）。

三谷　バーカ、いやブラカは、もっている人ともっていない人がいるんですか。

頴川　ＢＲＣＡは誰でももっている遺伝子です。ところが、人によっては、変異をきっかけに悪さをするんです。

三谷　え！　修復遺伝子っていいやつなんじゃないんですか。

頴川　いいやつです。本来、いいやつなんですが、ＢＲＣＡに傷がついたりなど、何らかの原因で変異してしまうと、故障して修復機能が働かなくなり、結果として悪さをしてしまうんです。

三谷　ブラカが悪いんじゃなくて〝変異が困る〟と。

頴川　まさに。以前、ハリウッド女優のアンジェリーナ・ジョリーさんが、乳がんになっていないのに「乳がんになる可能性がある」として、乳房を取る手術を受けて話題になりましたよね。あれは、彼女がブラカという遺伝子の変異を持っているとわかったからです。ブラカ変異は、乳がんの発生とも密接にかかわっています。まだ決定打ではないですが、前立腺でもブラカという遺伝子の変異をもっている人は「あなた、ちょっと注意したほうがいいですよ」っていうタグをつけておいて、定期的に厳重確認をしていこうという動きがあります。

三谷　悪さをする可能性のある遺伝子変異を早く見つけて、事前に対処するってことですね。

頴川　がんは遺伝子の病気です。厄介なことに、ある遺伝子が変化したら必ず悪さをするとは限りません。ただ、遺伝子変異があるといいことはないぞ、ということはわかっているので、その変化を目安に、対策を組み立てていこうと。これはひとつの考え方ですね。大きな進歩ではあるんですが。

三谷　早期対策のひとつのきっかけにはなりますね。

頴川　ブラカのような遺伝子の変異を血液から見つけ出す検査も登場しています。こういった技術の進歩はすばらしいことですが、検査の結果いずれ何らかの悪さをするであろう遺伝子変異をもっていると知ったとき、どうするのか。考えるべき問題はいろいろありますが、〝賢い使い方〟をしないといけません。いずれにせよ、「修復遺伝子の変異の発見」は、早めの対策をうてることのほかに、治療法が増える＝選択肢が増えるということ。各人に合わせてもっと繊細に、きめ細かく対策を考えるという方向に向かっていると思います。

研究者がいてこそ

三谷　そう考えると前立腺がんは、もちろん段階にもよりますけど、ホルモン療法に放射線治療、手術、監視療法、と、選択肢は豊富。これから先、治療法がもっと増えることはあるんですか？

頴川　今のところ、その4つの治療法を極めていく方向だと思います。ただ、それぞれの治療法ごとに種類が増えたり、それによって組み合わせが増えていくという可能性はあります。みんな同じではなく、その人に見合うオーダーメイド的な治療を話し合って行っていくということです。

三谷　将来的には、がんを予防、あるいは撲滅することはできるんですか。

頴川　わかりません。ただ、医学は間違いなく進歩しています。かつては死病といわれた結核や白血病、悪性リンパ腫なども治る時代です。エイズも薬が開発され、完治は困難ですが、適切な治療を受ければ寿命をまっとうできるようになりました。前立腺がんについても、昔はなかった検査法や治療法が登場しています。エイズもそうですが、SARSとかMERSなど、これまでなかった病気が出てくるたびイノベーションが起き、それをやっつける治療法が開発される。そのたびに医学は進歩しているんです。

三谷　今回のコロナでもまた、何かが進化、進歩したんでしょうね。

頴川　間違いありません。たとえば、「さあ今からワクチンつくろう」といって1か月後に完成なんてことは絶対にありえません。今回の新たなワクチンがこれほど速いスピードで完成されたのは、まさに奇跡。ワープスピードです。人知れず、日の目を浴びなくてもコツコツとしぶとく何十年と、研究者が研究を積み重ねてきた成果です。目先の流行りの研究やお金がもらえる研究だけをやるのではなく、誰もやらないけれども地道にその方向を信じて進んできた彼らの汗と涙の結晶なんです。

三谷　すごいですねえ、人間て。

頴川　いつの時代もウイルスに挑むたくさんの医者や研究者には尊敬しかありません。

やっぱり腸活

三谷　前立腺がんだけでなく、がんにならないためには何に気をつけたらいいですか。

頴川　新しいタイプのがん治療薬として話題になっている免疫治療薬「オプジーボ」がありますが、免疫というのがひとつのキーワードになってくると思います。まだ暗黒大陸のようによくわかっていませんが、大腸の中に100兆個いるといわれている細菌のうちのどれかが、体の中の免疫に関係しているんじゃないかといわれています。それで、乳酸菌を摂りましょうとか、ヨーグルトは体にいいとか、ずっといわれているんですね。まだ研究段階で決め手には欠けますが、おそらく正しいだろうと思えるのは、腸内環境を整えることの大切さですね。

三谷　流行りの腸活はやはり正しいんですね。

顊川　はい。ただ、腸内環境を整えるのにあたって、1つの細菌を増やすだけではダメで、複数の種類の細菌を体の中で飼うこと、そしてそのバランスが重要らしいんです。それも、ある人にはこの細菌がいいんだけれども、ある人には全然関係ないなど、やみくもに腸内に菌を増やしても意味がないらしい。それぞれに合った菌を複数取り込まないと。

三谷　簡単ではないですね。

顊川　それから、これは聞いたことをそのままお伝えしているだけですが、個人がもっている腸の中の菌は子供のときに決まっていて、それは終生変わらないらしいんです。なので、そこをどう変えていくかがこれからの医学のひとつの方向性だといわれています。

三谷　ひと筋縄ではいかないですねぇ。

顊川　便移植ってあるじゃないですか。

三谷　なんですか、それは。

潁川　便移植は、健康な人の便に含まれている腸内細菌を病気の患者さんに投与する治療法ですが、不思議なことに、せっかく移植した腸内細菌も長くは定着しないらしいんです。仮に定着しても、ずっと一生棲み続けてはくれず、結局もともとその人がもっている菌のパターンに戻ってしまう、と。ただ、この腸内細菌も研究がもっと進めば、この病気はこれが原因だった、という菌がわかりだすのではないかと思っています。逆にいえば、○○がんにならないためには、お腹の中に××菌を入れ、どう定着させ、どういいコンディションに整えるか。そうすることで、体の中の免疫とされるものを維持し健康な状態を保つことができるようになるのではないかと。

三谷　その研究が進んでいくと、将来的にがんはなくなる?

潁川　がんを研究している人たちは、もちろんそういうつもりでやっています。いつか、がんをコントロールできる病気にする、と。エイズのように、撲滅できなくても、がんと共存する。そんな病気になるかもしれませんね。

「がん」という言葉

三谷　そもそも「がん」という言葉は、いつから使うようになったんですか？

頴川　非常にいい質問ですね。ちなみに「がん」という言葉を使う以前、昔はなんと言っていたと思います？

三谷　見当もつきません。

頴川　「陰《かげ》」です。

三谷　あ、確かに昔のドラマでは言ってたな。では、実際も患者さんに伝える際に、がんという言葉は使わず、「陰」と言ってたんですか？　がんという言葉はなかったんですか。

頴川　がんという言葉自体はありました。ただ、暗黙の了解といいますか、患者さんには「ここに陰がありますね」と伝えていました。それに対して、「陰ってなんですか」と聞かれることは、私の経験上、なかったです。

三谷　そんなふうに言われたら僕ならしつこく「陰ってなんですか、答えてください」と詰め寄るなあ。

頴川　日本の文化というか、性善説なんでしょうか。「お医者さんは間違ったことは言わないだろう。何も言わないでお任せするのが一番だ」というような。

三谷　そういう風潮は確かにあるかもしれない。

頴川　私がアメリカに留学したのは1988年ですが、留学前、先輩たちは皆「陰があります」と言っていて、私自身、特に疑問を抱くことなくそう使っていました。ところが、だんだん自分の中で整合性がとれなくなるんですよ。明らかにがんなのに、陰だとか、がんではなくてその前の前がん病変だとか、苦し紛れにそう言うと、患者さんは「そうなんだ、よかった、助かった」と喜ばれるんです。けれどもまた具合が悪くなって来院されると、何でこうなるんだと不審がる。そこでまた「そういうこともありますよ」などと言っているうちにどんどん辻褄が合わなくなってくる。患者さんに負担をかけないようにとやっていることは、逆に余計なお世話だなと、矛盾を抱えて困っていたんです。

三谷　アメリカはどうだったんですか。

頴川　留学して驚きましたよ。何でもかんでも「インフォームドコンセント」の名のもとに、バンバンバンバン「がん」という言葉を使っていました。

三谷　先生がアメリカから帰ってこられたときには、日本というか業界の中でも「がん」という言葉を使うようになっていたんですか。

頴川　帰国したのは1991年ですが、少しずつ「がん」と言うようになっていましたね。私は当時、アメリカかぶれで帰ってきていますから、「あなたはがんです」とはっきり最初から言わなきゃダメだと、使命感のようなものをもって言っていました。今思うと、鼻っ柱が強すぎて反省ですが……。

三谷　先生がアメリカに行かれている間に、「がん」という言葉を使うことに関して、日本で何か変化、きっかけがあったということですか。

頴川　もともと日本は「告知するとショックを受けるかもしれない」など、いろいろなことを先回りして、ある意味余計なお世話をしてしまうお国柄。非常に日本的です。でも、アメリカから「インフォームドコンセント」という考え方が入ってきたうえ、何かこう、社会全体が隠し事ができない時代になってきた、という背景もあったと思います。いろいろな不祥事が明るみに出て、事実を明らかにすることに関して、社会の意識が変わったといいますか。自己責任という考え方も定着してきた。この影響もあったかもしれません。

「がん」のイメージを変える

三谷　僕は前立腺がんになるまで、風邪をひくくらいはありましたが病気という病気もしたことがなくて。だから、よくアンケートで「これまで大きな病気をしたことがありますか？」という項目ありますよね？　あれには堂々と「なし」と書いていたんですが、これからは「前立腺がん」と書かなきゃいけないと思うと、憂鬱で……。何かこう、文字で書くと、大げさな気がして。漢字もめんどくさいし。

頴川　アンケートにもよりますが、嘘はつけませんしね。

三谷　手術後、何回かアンケートを書く機会があったんですが、なんだか恥ずかしくて、思いっきり薄い字で書いたんですね。読めるか読めないかギリギリを攻めた、妙に弱々しくちっちゃい字で……。

頴川　（笑）

三谷　そこで、思ったんです、前立腺がんは治る時代ですよね。この本で初めて、僕は前立腺がんになったことをオープンにしたわけですが、「ちゃんと検査を受けましょう。がんが見つかったとしてもこれは治るよ」という、ポジティブなメッセージを込めたいんです、この本に。

頴川　知らないから怖がるわけで、前立腺がんのことを知識としてもっておくだけで予防にもなるし、無駄な心配もしなくてよくなります。三谷さんが発信してくださることで、前立腺がんの方、あるいはがんの疑いがある方は勇気づけられるだろうと思います。

三谷　それでね、自分ががんになってみて痛感したんですけど、言霊《ことだま》ってあるじゃないですか。やっぱり、この「がん」という言葉のイメージがよくないと思うんです。ショックの「がーん」というのと重なるし、とにかく暗い印象で。

頴川　漢字も「癌」って、なんだか怖いですしね。

三谷　ヤマイダレですからね。部首からして暗い。以前、がんと呼ばずに「ぽん」と呼ぼうという運動があったらしくて、ピアニストの国府弘子さんが提唱されたそうなんですが、それって素晴らしいことだと思うんですよ。

頴川　前立腺ぽん。

三谷　「オレ、前立腺がぽんになっちゃってさ」みたいな。すごく言いやすい。胃ぽん、大腸ぽん、肺ぽん、みんな印象が変わります。

頴川　国立ぽんセンター。ぽん研病院。

三谷　行きたくなるじゃないですか。ついでに言うと、がん患者という言い方もどうかと思う。思い切って「ガニー」はどうですかね。「オレ、実はガニーなんだ」「えっ、お前も？　オレもガニーなんだよ」みたいな。アルファベットで書くとganieeee。シガニー・ウィーバーみたいで格好いいし。江戸っ子風に「ガンさん」でもいいですけど。ぜひ提唱してみてください！

あとがき　頴川晋

三谷さんから「先生と前立腺がんの本をつくりたい」とお声がけいただいたのは、三谷さんが手術を受けられてから5年経ってからでしょうか。定期検診のときに、いつものあの飄々とした感じで「前立腺がんは怖くないし、もっとこう……、明るい感じというか、〝がんと闘う、生還する〟というイメージを変えたいんです」とおっしゃいました。前立腺がんの治療にたずさわって30年以上、この言葉にはまったく同感。即、お引き受けしました。

いったいどんな本になるんだろう……と内心ドキドキしつつ、対談を重ねました。難しい話題、センシティブなテーマも、見事に三谷節に変えてしまう。私自身心底楽しみながら、あっという間に数回の対談を終えました。

あとがき　頴川晋

あらためて原稿として読んでみると、手前味噌ですが……いやぁ、面白い。三谷さんのお人柄、天性のキャラクターによって、「がん」がテーマながら、ついついクスリと笑ってしまう箇所がたくさん。ご自身の体験を俯瞰して、タテにヨコにナナメに、あちこちから観察、鋭く分析した言葉もリアルでありながら〝楽しませたい〟というエンターテインメントに満ちています。

病気は、誰の目の前にも現れるハードルです。それも、突然に。いつ、何を、どう飛び越えるか。これだけ長生きする時代ですから、一度もハードルを飛び越えない人なんていません。だったら、病気というハードルを前向きに、楽しく飛び越えませんか。

「前立腺がん＝死」では必ずしもないですし、男性機能がかかわっているがゆえの妙な偏見も払拭したい。前立腺がんになった人も、気になる人も、この本を通して、知識や数字だけでない情報を得て、安心してほしい。それが私（と三谷さん）の願いです。

あとがき　三谷幸喜

いきなりですが、まったく関係ない話をします。今から数年前、僕は松本幸四郎さんと一緒に新作歌舞伎をつくりました。みなもと太郎さんの漫画『風雲児たち』を原作にした「月光露針路日本《つきあかりめざすふるさと》」。江戸時代、乗っていた船が難破してロシアに漂着、10年近い年月をかけて日本に帰ってきた伊勢の船乗り大黒屋光太夫の物語です。17人いた仲間は漂流から約6年後、シベリアのイルクーツクに到着したときには、6人になっていました。

　生死を分けた要因は何だったのでしょう。皆、生きたかったはずなんです。生きて故郷の土を踏みたかった。体力の違いは確実に影響したと思います。運不運というのも多少はあったかもしれない。でもそれだけじゃない。そもそもそれでは物語にならない。これは史実を基にしたフィクションです。生き延びた人たちは何故に生き延びたのか。そこにお客さんが納得できる理由が欲しい。座付き作家はそう考えました。

考えた末にたどり着いた答えは、「生きようとする意志の強さ」ということ。もちろん「生きたい」願望が強い人だけが生き残った、そんな安易なことではありません。

「生きたい」「死にたくない」、そんなことを言っている間はダメなんです。「生きてみせる」もダメ。なぜならそれらの言葉の裏には「死ぬかもしれない」があるから。生きたいと思った瞬間に死を肯定することになってしまうから。

生き残った人たちは微塵《みじん》も死ぬことを考えていなかった。生きて日本に帰ることに、まったく疑いをもっていなかった。だから生きることができたのではないか。僕はそんなふうに考えました。

光太夫「わしは近頃、よく考えるんだ。死んでいった者と生き残った者、一体どこに差があったのかって。（中略）わしの悲願は、お前たちを連れて日本に帰ること。新蔵、お前は常に先のことを考えている。磯吉はロシアに来てむしろ生き生きとして来た。庄蔵は文句ばかり言っているが、それは生きて帰りたいとの思いが強いからだ。九右衛門が頑なにこの国に馴染もうとしないのは、ここで一生を終えるつもりがないから。そして小市はいつだって楽しそうだ。つまり、この六人には、死ぬ気がまったくない。だから今も生きている」

「月光露針路日本　風雲児たち」二幕三場より

残った6人のうち、1人は「ひょっとしたら俺、死ぬかもしれない」と不安が頭をよぎり、そして世を去ります。2人はロシアに永住する道を選び、

1人は日本にたどり着いた瞬間に力尽きてしまいました。生きて帰国できたのはわずか2人。常に前を向き、一度も「死ぬこと」を想像しなかった2人だけが生き残りました。

僕が何を言いたいのか。もうおわかりですよね。

これは前立腺がんに限らないことかもしれません。今、「大病」と呼ばれるものを患っていらっしゃる皆さん。決して「生きて帰ってくる」なんて考えないで下さい。「死ぬかもしれない」と疑っているから、そんなふうに思うのです。その暇があったら、「退院後にやりたいことリスト」を考えましょう。

前立腺がんになってしまった皆さん。治療法はさまざまですが、ご安心ください。この本を読んでわかったはず。これはたいした病気じゃありません。残念ですがあなたは悲劇のヒーローではないのです。

とはいえ、前立腺がんは風邪とは違う。手術に危険はつきものです。それでも、いや、だからこそ、前立腺の摘出手術を控えているあなたにお願いしたい。手術室に向かうときは、家族には「行ってきます」と軽く声をかけてあげてください。くれぐれも（もう会えないかもしれない）なんて思わないで。朝、会社に行くお父さんがいちいち「もう帰ってこられないかもしれない」と思わないのと同じ。お父さんは帰ってくるし、あなたも帰ってきます。

そして家族の方々は、お父さんに「いってらっしゃい」と言うように、気軽に送り出してあげてください。大丈夫、最愛の人は必ず元気になって戻ってきます。僕が保証します。

もちろん早期発見というのが大前提ですけどね。

ブックデザイン
鈴木千佳子

構成
田中美保

三 谷 幸 喜

脚 本 家

1961年東京都生まれ。日本大学藝術学部演劇学科卒業。

舞台、映画、テレビドラマと多方面で執筆活動中。

主な作品に映画「ザ・マジックアワー」「清須会議」

「記憶にございません！」、舞台「君となら」

「彦馬がゆく」「オケピ！」「日本の歴史」、

ドラマ「警部補・古畑任三郎」シリーズ、

「新選組!」「真田丸」など。

頴 川 晋

東 京 慈 恵 会 医 科 大 学 泌 尿 器 科 主 任 教 授

1957年東京都生まれ。

1981年岩手医科大学医学部卒業、北里大学病院泌尿器科研修医、

1988年米国ヒューストン・ベイラー医科大学に留学。

帰国後、北里大学講師を経て、2004年より現職。

著書に『前立腺がんは怖くない―最先端治療の現場から』など。

ボクもたまにはがんになる

2021年10月25日　第1刷発行
2022年8月5日　第3刷発行

著者　三谷幸喜　頴川晋
発行人　見城 徹
編集人　菊地朱雅子

発行所　株式会社 幻冬舎
〒151-0051 東京都渋谷区千駄ヶ谷4-9-7
電話　03(5411)6211(編集)　03(5411)6222(営業)
公式HP：https://www.gentosha.co.jp/

印刷・製本所　図書印刷株式会社

Printed in Japan　ISBN978-4-344-03854-7　C0095
この本に関するご意見・ご感想は、
下記アンケートフォームからお寄せください。
https://www.gentosha.co.jp/e/